ディケンズ ショートセレクション

ヒイラギ荘の小さな恋

金原瑞人 訳 ヨシタケシンスケ 絵

理論社

信号手の話

The Signalman

「おおい、そこの人！」

わたしは呼《よ》びかけた。相手はわたしの声に気づいたとき、小屋のドアの前に立って、手に旗を持っていた。旗は短い棒《ぼう》に巻《ま》きつけてある。あたりの地形を考えれば、声が上からきこえたのはわかりそうなものだが、男はこちらをみようとしなかった。わたしはほぼ真上の、切り立った崖《がけ》の上にいたのだ。男はあたりをみまわして、線路の先のほうをみた。その動作はどことなく気になったが、なぜかはわからなかった。それにもかかわらず、何か気になったのだ。男は深い谷底にいるせいで、姿《すがた》は小さく、陰《かげ》になっていたし、わたしは上のほうで燃《も》えるような夕陽をあびていたため、目の上に手をかざさないとろくにみえないくらいだったというのに。

「おおい、そこの人！」

男は線路の先に目をやると、またあたりをみまわし、それから顔をあげて、ずっと上にいるわたしの姿をみつけた。

「下におりる道がありますか、話がしたいんです」

男は何も答えずに、こちらを見上げている。わたしは下にいる男をながめていたが、こんな質問《しつもん》をくり返すのもばかばかしいと思った。ちょうどそのとき、地面と空気が少しゆれたかと思うと、とたんに激《はげ》しい揺《ゆ》れに変わった。すごい勢《いきお》いで列車がトンネルから飛びだしてきた。わたしははっとして後ずさった。下に引きずっていかれそうな気がしたのだ。下を全速力で走って行く列車は、わたしの立っているところまで蒸気《じょうき》を吹《ふ》き上げ、風景のむこうに消えていった。下をみると、男が、列車が行き過《す》ぎるときに振《ふ》っていた旗を巻いているところだった。

わたしはもう一度、きいてみた。男はしばらくこちらをじっとみていたかと思うと、巻いた旗の先を、わたしが立っているところから二、三百メートル離《はな》れたところに向けた。わたしは男にいった。「わかりました！」そしてそちらに歩いていった。

目をこらしてみると、ゆるくジグザグになっている細い道があったので、下りていった。

谷はかなり深く、岩の斜面《しゃめん》は信じられないほど急で、下にいくにつれて湿《しめ》っぽく、そのうちじっとりしてきた。下りるのに手間取って、あれこれ考えていると、男がこの道を指し示《しめ》すときの、いやいや仕方なくといわんばかりの様子を思い出した。

ジグザグの坂道を下りていくと、男がまたみえてきた。さっき列車が走っていった線路の間に、まるでわたしが現《あらわ》れるのを待っていたかのように立っている。左手をあごに当てて、胸《むね》の前で左の肘《ひじ》を右手にのせている。何か期待しているような、警戒《けいかい》しているような姿《すがた》をみて、わたしは一瞬《いっしゅん》、立ち止まって、考えてしまった。

それからまた下りていって、線路の走っている地面までたどり着くと、そちらにむかって歩いた。男は血色が悪く、髪《かみ》もひげも黒く、眉《まゆ》は太かった。ぽつんとたっている仕事場は、みたことがないくらいわびしげだった。ぬれてごつごつした岩壁《がんぺき》にはさまれているせいで、上に帯のような空がみえるだけだ。前をみると、この牢《ろう》獄《ごく》が曲がりくねりながらどこまでものびている。後ろに目をやると、陰気《いんき》な赤の信号灯があって、そのむこうにはもっと陰気な、暗いトンネルの入り口がみえる。その大きく開いた口は、野蛮《やばん》で、重苦しく、人を寄《よ》せつけない雰囲気《ふんいき》があった。日の光はほとんどここまで届《とど》かず、あたりは土くさく、いやなにおいがする。谷底を吹《ふ》き抜《ぬ》ける身を切るような風に、体のしんまで冷えきって、この世ではないところにきたような気がした。

男はじっとしたままだったので、わたしはすぐ近くまで歩いていった。そのときでさえ、男はわたしから目をそらそうとせず、一歩、後ずさって、片手《かたて》を上げた。

ずいぶん寂《さび》しい仕事場ですね、とわたしは声をかけた。だから、上からここをみたとき気になったんです。きっと、訪《おとず》れる人も少ないでしょう。たまにやってくる客は、ご迷惑《めいわく》じゃありませんよね。わたしはずっと狭苦《せまくる》しい職場《しょくば》で働いてきたものですから、ようやく自由になって、このすばらしい職業《しょくぎょう》であり職場でもある鉄道に興味《きょうみ》を持つようになったんです。そんなことを男に話した。ただ、自分の言葉が通じているのかどうかまったく自信がなかった。というのも、わたしは話をするのがあまり得意ではなかったし、相手の男にはどことなく不気味なところがあったからだ。

男はじつに奇妙《きみょう》な表情《ひょうじょう》を浮《う》かべて、トンネルの入り口のそばにある赤の信号灯をみては、そのまわりに目をやった。まるで、何かなくなっていないか確《たし》かめているかのようだった。それからわたしをみた。

「あの信号灯も仕事なんですか」

男は低い声で答えた。「当然です」

そのとき、わたしの頭に恐《おそ》ろしい考えが浮かんだ。相手のすわった目と、暗い目をみて、こいつは幽霊《ゆうれい》だ、人間じゃないと思ったのだ。そのとき以来ずっと考えているのだが、もしかしたら、男もわたしのことをそう考えていて、それがわたしに伝染《でんせん》したのかもしれない。

今度はわたしが後ずさる番だった。しかし、後ずさりながら、相手の目をみて、わたしを怖《こわ》がっているのに気づいた。それをみて、さっきの恐ろしい考えは消えてしまった。

「どうしたんです」わたしはこわばった笑みを浮かべていった。「わたしが怖いんですか」

「その」男が答えた。「以前、お会いしたような気がして」

「どこでです？」

男は、あの赤の信号灯を指さした。

男はわたしの顔をのぞきこむようにして、答えた（が、声は出なかった）。「ええ」

「あそこですか」わたしはたずねた。

「まさか。なんの用があって、あんなところにわたしが？　なんにしろ、あんなところにいったことはありません。一度もね」

「おそらく、そうでしょう。ええ、そうに決まってます」

男の顔が晴れやかになった。わたしもほっとした。男はわたしの質問《しつもん》に、はきはきと、的確《てきかく》な言葉で答えてくれた。ここではすることはたくさんあるんですか。ええ、責任《せきにん》がありますからね。ですが、それは正確《せいかく》に、油断《ゆだん》なくこなせばいいので、実労働――体を動かす仕事――はほとんどないんです。信号を切りかえて、あの信号灯を整備《せいび》して、ときどきこの鉄のハンドルを動かす、体を使う仕事はその程度《ていど》です。長い時間、ひとりで過《す》ごすのは寂《さび》しいとお思いでしょうが、この生活がしみついてしまったので、もう慣《な》れっこになっています。ここでこつこつ語学も勉強しました。まあ、本を読んで覚えるだけなので、発音はかなりあやしいから、勉強したといえるかどうか。分数も小数も、それから代数も少し勉強しました。子どもの頃《ころ》は、数字が苦手だったんです。わたしはたずねた。仕事中ずっと、この湿《しめ》っぽい谷底にいるんじゃ、高い岩壁《がんぺき》の上の太陽をおがむことはできないでしょう。いえ、それは時と場合によりけりです。列車の行き来がいつもより少ないときがあるんです。それは昼でも夜でも同じです。天気のいいときには、谷底近くの暗いところからちょっと上までいくこともあります。ですが、いつなんどき電気ベルで呼《よ》び出されるかもしれないので、上にいると、よけい心配になるんです。ですから、それほどの気晴らしにはなりません。

男はわたしを小屋のなかに案内してくれた。暖炉《だんろ》と、報告書《ほうこくしょ》の置いてある机《つくえ》と、文字盤《もじばん》と針《はり》のついた電信機と、さっき男が話していた電気ベルがあった。わたしはたずねた。失礼ですが、みたところ、教育もありそうだし、(怒《おこ》らないでほしいのですが) こんな仕事は物足りないんじゃありませんか。すると、男はこう答えた。鉄道会社は大きいので、この手のちょっとした手違《てちが》いもあります。救貧院《きゅうひんいん》や、警察署《けいさつしょ》や、最後に行き着く軍隊だって、同じだという話です。多かれ少なかれ、どの鉄道会社も同じようなものでしょう。自分も若《わか》い頃は (信じてもらえればですが、まあ、こんな小屋で働いてるんじゃ、むりでしょうね)、大学で自然科学を専攻《せんこう》していて、講義《こうぎ》にも出席していました。ところが道を踏《ふ》みはずして、せっかくの機会をむだにしてしまい、落ちこぼれてしまって、浮《う》かびあがれないままです。文句《もんく》をいうつもりはありません。自分でまねいた運命ですから、それにしたがうほかありません。別の人生を踏《ふ》みだすのも、いまからでは遅《おそ》いでしょう。

男の話をまとめると、こんな感じだった。男は始終、おだやかに話しながら、真《しん》剣《けん》な暗い顔でわたしをみたり、暖炉《だんろ》の火をみたりしていた。ときどき、ていねいな言葉づかいになったが、若《わか》い頃《ころ》の話をするときは、とくにそうだった。自分はみたままの自分なんです、本当です、といわんばかりの話しぶりだった。その途中《とちゅう》でときどき、小さな電気ベルが鳴った。すると男は話を中断《ちゅうだん》して、電信を受け取り、返信した。一度、外に出て、旗を振《ふ》って、列車を見送ったことがある。その際《さい》、機関士に何か話していた。こういうときの男の仕事ぶりは驚《おどろ》くほど的確《てきかく》で、間違《まちが》いがなく、ひとこと断《ことわ》ってわたしとの話を中断して、仕事が終わるまではひとこともしゃべらなかった。

要するに、男はこういう仕事ではもっとも信頼《しんらい》できる人物だと確信《かくしん》したのだが、話の途中で二度、顔色を変えて、口を閉《と》ざし、鳴ってもいない小さなベルをみると、小屋のドアを開けて（体に悪い湿気《しっけ》が入らないようにいつもは閉《し》めている）、トンネルの入り口のそばにある赤の信号灯のほうをみた。二回とも、暖炉の前までもどってきたときの男には、わたしが崖《がけ》の上から声をかけたときの、あのどことなく気になる様子があった。

わたしは、そろそろおいとましようと立ち上がった。「満ち足りた生活をなさっているようですね」

(そういったのは、相手に何かいわせようと思ってのことだ)

「以前はそうだったんです」男は、最初のときのような低い声で答えた。「しかし、いまは困《こま》ってます。本当に困っているんです」

男は、しまったと思ったようだったが、わたしはすぐにたずねた。

「また、なぜ。いったい、なんで困っているんです」

「それが、なんとも説明しづらくて。本当に説明しづらいんです。もし、またここにきてくださるなら、そのとき、お話ししてみようと思います」

「いえいえ、わたしのほうこそ、またおじゃましようと思っていたところです。いつがいいですか」

「朝にはここを出て、また夜の十時ごろもどってくる予定です」

「では、十一時にきましょう」

男は礼をいって、ドアのところまでついてきた。「ここから白いランプで照らすので」男は独特《どくとく》の低い声でいった。「それをたよりに道をみつけてください。道がみつかっても、大声をあげないでください！　崖《がけ》の上に着いても、大声で知らせないでください！」

男の奇妙《きみょう》な様子のせいで、あたりがいきなり寒くなったような気がしたが、わたしは「わかりました」とだけ答えた。

「明日の晩《ばん》、いらっしゃるときも、大声を出さないように！　それと、別れ際《ぎわ》にひとつうかがいたいのですが、今夜、なぜ大声で『おおい、そこの人』と呼《よ》んだのですか」

「さて、まあ、そんなことをいったとは思いますが」

「そんなことじゃありません。まちがいなく、そう、呼びかけましたよ。よくおぼえているんです」

「たしかに、そうでした。そういいました。上のほうから呼びかけたものですから」

「それだけですか」

「ほかに、どんな理由がありますか」

「霊感《れいかん》とか、予知とかを感じたんじゃありませんか」

「まさか」

男は、どうぞ気をつけてといって、ランプを高く上げた。わたしは下りの線路の脇《わき》を歩いていって（後ろから列車がきているような、とてもいやな感覚を味わいながら）、きた道をみつけた。下るより、上るほうが楽だった。そして何事もなく、宿屋にもどった。

次の日の夜、わたしは約束通り、ジグザグになっている道の最初の段《だん》に足を置いた。ちょうど遠くの時計塔《とけいとう》から十一時の鐘《かね》の音が響《ひび》いてきた。下では、あの男が待っていて、手には白いランプを持っていた。「大声は出しませんでしたよ」わたしは男に近づいていった。「もう声を出していいですか」「ええ、もちろんです」「こんばんは」といって、わたしは片手《かたて》を差しだした。「こんばんは」といって、男はわたしの手を握《にぎ》った。わたしたちはいっしょに小屋までいって、なかに入り、ドアを閉《し》めると暖炉《だんろ》の前にいった。

「お話しすることにしました」わたしが椅子《いす》にすわり、男も腰《こし》をかけると、うつむいて、小声でつぶやくようにいった。「なんで悩《なや》んでいるのか、またたずねられるまえに。わたしはあなたをほかの人とまちがえてしまいました。そのことで悩んでいるのです」

「勘違《かんちが》いしたことで？」

「いえ、『ほかの人』のことで」

「それは、だれなんです」

「知りません」

「わたしに似《に》ているのですか」

「わかりません。顔もみたことがないのです。左腕《ひだりうで》で顔をおおうようにして、右手を振《ふ》っているんです。それも必死に。こんなふうに」

男が片方《かたほう》の手を激《はげ》しく振るのをみて、ふと、わたしの頭のなかに『たのむ、どいてくれ！』という言葉が浮《う》かんだ。

「月夜の晩《ばん》のことです。ここにすわっていると、叫《さけ》び声がきこえました。『おおい、そこの人！』と呼《よ》びかける声でした。わたしはぎょっとして、そこのドアからのぞいてみると、あのトンネルの脇《わき》にある赤の信号灯のそばに、その人が立っていて手を振っていたのです。さっきやってみせたように必死に。叫び疲《つか》れたのか、声がかれていました。『危《あぶ》ない！　気をつけろ！』と叫んでいるのです。そして『おおい、そこの人！　危ない！』といいました。わたしは赤のランプを取り上げて、灯をともすと、そちらに走っていきながら、『どうしたんです？　何があったんです？』と声をかけました。人影《ひとかげ》は暗いトンネルのすぐそばに立っています。ところがわたしが近づいていっても、目を袖《そで》でおおったままなのです。わたしが目の前まで駆《か》けていって、手をのばしてその袖を払《はら》いのけようとした瞬間《しゅんかん》、人影《ひとかげ》は消えてしまいました」

「トンネルのなかに？」

「いえ。わたしはトンネルのなかに駆けこんで、五百メートルほど先までいってみました。それから頭の上にランプをかざすと、距離《きょり》を示《しめ》す数字がみえました。壁《かべ》にはきたない色の水のしみが広がって、天井《てんじょう》から水がたれています。わたしは、駆けもどりました。飛びこんできたときよりも速かったでしょう（トンネルのなかが怖《こわ》くてしょうがなかったんです）。そして外にある赤信号のまわりを、手に持った赤のランプで照らし、それから鉄のはしごをのぼって、トンネルの上のほうもさがしてみました。そして下におりると、ここまで駆けもどったのです。すぐに両隣《りょうどなり》の駅に電信できいてみました。『キンキュウ　レンラク　イジョウハ　ナイカ』両方から返事が返ってきました。『イジョウ　ナシ』」

背骨《せぼね》を冷たい指がゆっくりなでていくのを感じながら、わたしは男に、目の錯覚《さっかく》だったんじゃありませんか、といってみた。繊細《せんさい》な視神経《ししんけい》の病気による幻影《げんえい》が患者《かんじゃ》を悩《なや》ませることがあるのはよく知られていますし、それを自覚した患者が実験によって証明《しょうめい》した例もありますからね、と。「声を耳にしたとおっしゃいますが」わたしはいった。「こんなふうに小声で話しているいまも、この不気味な谷底を吹《ふ》く風の音もきこえれば、電線のうなる音もきこえるでしょう」

男はわたしといっしょにしばらく外の音に耳を傾《かたむ》けてから、たしかにそうですが、といった。「風や電線の音はよく知っています。なにしろ長い冬の晩《ばん》もよくここで過《す》ごしましたから。ええ、ひとりで番をしていました。しかし、話はまだ終わっていないんです」

わたしが、もうしわけないとあやまると、男はわたしの腕《うで》にふれて、話を続けた。「幽霊《ゆうれい》をみた六時間後、この路線で大事故《だいじこ》が起こったんです。十時間くらいたってからでしょうか、死者やけが人が運ばれていきました。あのトンネルを通って、あの幽霊《ゆうれい》が立っていたところを」

わたしはぞっとして体がふるえそうになったが、必死にこらえた。そして、たしかに、偶然《ぐうぜん》の一致《いっち》とはいえ、それは忘《わす》れようにも忘れられない体験でしたね、といった。「まあ、そういう偶然の一致というやつは始終起こっている、そう考えましょう」それからこう付け加えた（というのも、男が反論《はんろん》しそうになったからなのだが）。「常識《じょうしき》のある人間は、日常《にちじょう》生活にそういう偶然の一致が起こることなど、ふつうは考えませんからね」

すると男はまた、話はまだ終わっていないんです、といった。

わたしは、また途中《とちゅう》で口をはさんでもうしわけないとあやまった。

「それは」男はまたわたしの腕《うで》にふれながら、肩《かた》ごしにうつろな目で後ろをみた。「ちょうど一年前のことでした。あの件《けん》から六、七ヶ月たって、その驚《おどろ》きとショックから立ち直った頃《ころ》のある朝、日が昇《のぼ》り始める時分でした、ドアロに立って、赤の信号灯をみると、またあの幽霊が現《あらわ》れたのです」男は言葉を切って、わたしをじっとみた。

「そのときも、大声で呼《よ》びかけてきましたか」

「いいえ、黙《だま》っていました」

「腕を振《ふ》りましたか」

「いいえ。信号灯の柱にもたれて、両手で顔をおおっていました。こんなふうに」

今度も、わたしは男の仕草に見入った。それは嘆《なげ》き悲しむ姿《すがた》にみえた。墓《はか》の上に立つ石像《せきぞう》にそういう格好《かっこう》のものがある。

「そこにいってみましたか」

「いえ、なかにもどって、椅子《いす》にすわりました。落ち着こうと思いまして。実際《じっさい》、気を失うかと思ったくらいです。ようやくドアの外にでてみると、もう太陽は真上にあって、幽霊はいなくなっていました」

「しかし、何もなかったんでしょう？　何も起こらなかった」

男はわたしの腕に人差し指で二、三度ふれた。ふれるたびに、気味悪くうなずいた。

「まさにその日、列車がトンネルから出てきたとき、客車のこちら側の窓《まど》に、ひどくあわてた様子の手と頭がみえたんです。何かを振《ふ》っているのもみえました。わたしはとっさに機関士に信号を送りました。止まれ！　機関士はすぐに蒸気《じょうき》を切って、ブレーキをかけたのですが、列車は百メートルか百五十メートルほどさきまでいってようやく止まりました。わたしは追いかけていったのですが、その途中《とちゅう》で悲鳴と叫《さけ》び声がきこえました。客室にいた若《わか》くて美しい女性《じょせい》が亡《な》くなっていたのです。そして亡骸《なきがら》はここに運びこまれて、この床《ゆか》の上に、わたしたちの間に置かれたのです」

わたしは思わず、椅子《いす》を後ろに引いた。そして男が指さしている床をみて、それから男の顔をみた。

「嘘《うそ》じゃありません。本当です。いまお話ししたとおりなんです」

わたしはどう答えていいのかわからなかった。口のなかがからからだった。風の音と電線のうなりが話を引き取って、悲しそうに泣き声をあげている。

男は話を続けた。「よくきいてください。そうすれば、わたしがどんなに悩《なや》んでいるか、わかっていただけると思います。一週間前、また幽霊《ゆうれい》がもどってきたんです。そして、ときどき、ふいに、あそこに姿《すがた》を現《あらわ》すのです」

「あの赤の信号灯のところに？」

「ええ、あの危険《きけん》信号のところにです」

「何をしているようにみえます？」

男は思い切り激《はげ》しい調子で、さっきの動作をくり返してみせた。「たのむ、どいてくれ」という動作だった。

男は話を続けた。「そのせいで、心の安まる時がないんです。幽霊は恐《おそ》ろしくてたまらないといわんばかりに、何分もずっと『そこの人！ 危《あぶ》ない！ 危ない！』と大声でさけぶんです。わたしにむかって手を振り、あの小さなベルを鳴らして――」

わたしはふと気になってたずねた。「昨晩《さくばん》、わたしがここにいたとき、ベルの鳴る音がきこえたからだったのですか、戸口にいったのは」

「ええ、二度」

「なるほど。いいですか、それは気のせいだったんですよ。わたしはベルもみえてましたし、音がすればわかります。しかし、あなたが立ち上がってドアのところまでいったとき、あのベルは鳴っていませんでした。いや、それ以外のときも鳴っていません。鳴ったのは、駅からの連絡《れんらく》がきたときだけです」

男は首を振《ふ》った。「わたしは一度も、ベルのことでミスをしたことはありません。幽霊《ゆうれい》が鳴らす音と、人が鳴らす音はまったくちがうのです。幽霊の鳴らすベルの音は、ほかの音とはまったく異《こと》なった耳慣《みみな》れない響《ひび》きがあるんです。それにベルも振《しん》動《どう》したりしません。あなたにきこえなかったのも不思議はありません。しかし、わたしにはきこえたのです」

「外をみたとき、幽霊はいたのですか」

「いました」

「二度とも?」

男はきっぱりと答えた。「はい」

「わたしといっしょに、ドアロにいって、ちょっと外をみてみませんか」

男は気が進まない様子で唇《くちびる》をかんだが、立ち上がった。わたしはドアを開けて、地面につづく階段《かいだん》に立った。男はドアロに立ったままだ。むこうには危険信号《きけんしんごう》があり、トンネルの陰気《いんき》な入り口がある。両側はそそり立った岩壁《がんぺき》で、その上のほうに星が輝《かがや》いている。

「いますか？」わたしは、男の顔をみた。

男は目を見開いて、食い入るようにみている。わたしもあそこに目をこらしたときは、あんな顔をしていたような気がする。

「いえ、いません」

「ええ、いませんよね」

わたしたちはなかにもどって、ドアを閉《し》め、また椅子《いす》に腰《こし》かけた。いいチャンスだ――チャンスと呼《よ》べればだが――これを利用してなんとか男を説得できればと考えていると、男のほうが先に口を開いた。まるで、おたがい理解《りかい》しあえてますよね、といわんばかりの口調だったので、わたしはどうすることもできなかった。

「もうおわかりでしょう。わたしが恐《おそ》れているのは、今度はいったいなんなのかということなのです」

どういうことですか、とわたしはたずねた。

「今度は、いったい何を警告《けいこく》しに現《あらわ》れたのかということです」男は暖炉《だんろ》のほうを向いて考えながら、ときどきこちらをみた。「どんな危険《きけん》が、どこにあるのか。この線路のどこかにちがいないんです。何か恐ろしいことが起こるはずです。二度起こったのですから、三度目もきっと起こります。それにしても、なんでわたしの前に現れるんだ。わたしにはどうしようもないのに」

男はハンカチを出すと、額《ひたい》の汗《あせ》をぬぐった。

「もし駅に——上りの駅でも、下りの駅でも——危険を知らせる電信を打つとしても、理由がない」男は手の汗をぬぐいながら話し続けた。「そんなことをすれば、自分が困《こま》ったことになるだけで、なんにもなりません。頭がおかしくなったと思われるだけです。こんな感じでしょう。『キケン！　チュウイ！』『ナニガ　キケンナノカ？　バショハ？』『ワカラナイ　ダガ　タノム　チュウイ　シテクレ！』　わたしは仕事をやめさせられるでしょう。会社もそうするしかありませんからね」

男のおびえている様子は、みていてかわいそうになるくらいだった。良心的な男が悩《なや》み苦しんでいる。それも人命にかかわる、予想のつかない事故《じこ》の責任《せきにん》を負わされているのだ。

「幽霊《ゆうれい》が最初に、あの危険信号の下に現れたとき」男は話を続けた。額から黒い髪《かみ》をかき上げ、両手でこめかみをこする様子は、まるで熱病にかかって苦しんでいるかのようだった。「なぜ、どこで事故が起こるか教えてくれなかったんでしょう。起こることを知っていたはずなのに。なぜ、どうすれば避《さ》けられるのか、教えてくれなかったんでしょう。避けられたはずなのに。二度目のときだって、顔をおおったりしていないで、こういってくれればよかった。『若《わか》い女性《じょせい》は列車に乗っているあいだに死んでしまう。家にいさせなさい』と。これまで二度、警告したとおり恐ろしいことが起こった、三度目も起こるぞと教えたいだけなら、はっきりそういえばいい。なんでわたしの前に出てくるんだ。わたしはこの寂《さび》しい小屋に勤務《きんむ》する信号手にすぎないんだ！　もっと信用してもらえる人か、何かできる人のところにいけばいいだろう」

男の取り乱《みだ》した様子をみて、このあわれな男のためにも、またほかの人々《ひとびと》の安全のためにも、まずは落ち着かせようと思った。そこで、現実《げんじつ》なのか妄想《もうそう》なのかという問題にはふれず、こういってみた。「職務《しょくむ》を忠実《ちゅうじつ》に果たす人は立派《りっぱ》だし、あなたは職務を十分に理解《りかい》している、それなら安心していいではありませんか。わけのわからない幽霊《ゆうれい》のことはわからないままでしょうがないでしょう」あなたの思いこみです、と説得するよりずっとうまくいった。男は落ち着いてきた。夜がふけるにつれて、すべき仕事が増《ふ》えてきたので、わたしは午前二時頃《ごろ》、その小屋を出た。朝までいっしょにここにいましょうかと、きいてみたのだが、それにはおよびませんといわれたのだ。

わたしは赤の信号灯を何度かみては、細い道を上っていった。赤の信号灯は恐《おそ》ろしい、あんなものがそばにあったらろくに眠《ねむ》れないだろうと思った。それに大事故《だいじこ》のことも若《わか》い女性《じょせい》が死んだことも、気持ちが悪かった。

しかし、わたしの頭のなかを駆《か》けめぐっていたのは、こんな話をきいてしまった以上、何かしなくてはならないということだった。あの男は頭がよく、注意深く、まじめで、きちんと仕事ができるのは確《たし》かだが、あんな状態《じょうたい》では、いつまでもつかわかったものではない。信号手の仕事は軽んじられているが、実際《じっさい》、責任《せきにん》は重い。男がこのまま間違《まちが》いなく仕事をつづけられるとは、とても思えない。

男からきいた話を会社の上司に伝えるのは、なんとなく信頼《しんらい》を裏切《うらぎ》るようで後ろめたい。それよりは、自分の意見をそのまま男に話して、よさそうな提案《ていあん》をすべきだろう。結局、男を（しばらく、幽霊の話はほかの人には話さないことにして）、このあたりでもっとも腕《うで》がいいという評判《ひょうばん》の医師《いし》のところに連れていって、意見をきこうと提案することにした。男が次に仕事につくのは、明日の真夜中で、日が出て一、二時間後には、仕事が終わり、その日の夕方、また勤務《きんむ》につくとのことだった。わたしは、その頃《ころ》またおじゃましますといっておいた。

次の日の夕方は天気がよかったので、わたしは早めに散歩にでかけた。まだ太陽はしずみきっていなくて、わたしはあの深い谷の上に広がる野原の小道を歩いていた。そしてもう一時間ほど散歩しようと考えていた。三十分ほど歩いて、三十分ほどでもどってくれば、信号手の小屋を訪《たず》ねるのにちょうどいい時間になる。

そのまえに、崖《がけ》のそばにいって、なんとなく下のほうに目をやった。わたしが最初にあの男をみた場所だ。次の瞬間《しゅんかん》、全身が凍《こお》りついた。そのときの気持ちは、とても言葉では表しきれない。トンネルの入り口近くに、みたことのない男が立っていたのだ。左の袖《そで》で目をおおって、必死に右手を振《ふ》っていた。

一瞬《いっしゅん》、なんともいえない恐怖《きょうふ》が全身を走ったが、それはすぐに消えた。というのは、それは幽霊《ゆうれい》ではなく人間だということがわかったからだ。すぐ近くにほかの人たちもいて、その男は彼《かれ》らにむかってその仕草をしていたのだ。危険《きけん》信号の灯はまだともっていない。信号灯の柱の前に、みたことのない小さな低いテントがある。木の柱に防水布《ぼうすいふ》を張《は》ったもので、ベッドくらいの大きさだ。

いやなことが起こったという予感が頭をよぎった。とんでもない事故《じこ》か何かが起こってしまった、あの男をひとりで置いて帰って、男の行動を監視《かんし》して見張《みは》る人間をさしむけなかったとは、まったくばかなことをした。そんな気持ちで、わたしは斜面《しゃめん》にきざまれた階段《かいだん》を足早におりていった。

「何があったんですか」わたしはそこにいた人たちにきいた。

「信号手が、今朝、死にました」

「あの小屋で番をしていた男ですか」

「ええ」

「わたしの知っている人かもしれない」

「もしごぞんじなら、顔をみればわかるでしょう」ほかの人たちが黙《だま》っているので、ひとりがそういって、ゆっくりと帽子《ぼうし》をとり、防水布の端《はし》をめくった。「とても安らかな死に顔ですから」

「ああ、どうしてこんなことが？」防水布《ぼうすいふ》がもとにもどされると、わたしはたずねた。

「機関車にはねられたんです。イギリス中さがしたって、この男ほど自分の仕事をよく知っている者はいないっていうのに。それなのに、なぜか外側の線路の上にいたんです。もうあたりは明るくなっていたっていうのに。灯をともしたランプを片《かた》手《て》に持ってました。機関車がトンネルから出てきたとき、そちらに背《せ》を向けていて、そのままはねられてしまいました。機関士が、どんなふうだったか教えてくれました。トム、この紳士《しんし》にも教えてあげるといい」

粗末《そまつ》な黒い服を着ていた男がトンネルの入り口にもどった。

「トンネルのなかで機関車がカーブしたとき、出口のところにあの男がみえたんですよ。まるで望遠鏡でみてるような感じでした。スピードを落とすひまもなかったけど、あいつが注意深いのはわかってたんでね。汽笛を鳴らしたんだが、それでも気がつかないみたいだったから、危《あぶ》ないと思って、蒸気《じょうき》を切って、思い切り大声で叫《さけ》んだんです」

「なんといったんです」

「『そこの人！　危ない！　危ない！　たのむ、どいてくれ！』って」

わたしはぎょっとした。

「ああ！　もう怖《こわ》いなんてもんじゃありませんでしたよ。ずっと叫び続けてました。腕《うで》で目をおおって、最後まで手を振《ふ》ったんですが、だめでした」

この不思議な事件《じけん》についてはこれ以上、くどくど話すつもりはないが、ひとつだけ、いっておきたいことがある。まさに偶然《ぐうぜん》の一致《いっち》というやつにちがいないのだが、機関士がいった言葉は、あの不運な信号手が、いつも頭に響《ひび》いているといって、わたしにいった言葉と同じだっただけでなく、このわたしの頭に浮《う》かんだ言葉とも同じだったのだ。そう、あの男が幽霊《ゆうれい》の身振《みぶ》りをしてみせたときに。

チャールズ二世の時代に牢《ろう》獄《ごく》でみつかった告白

A Confession Found in a Prison in the Time of Charles the Second

わたしは国王の軍隊で中尉《ちゅうい》として、一六七七年と七八年、ヨーロッパ大陸の戦争に従軍《じゅうぐん》した。*ナイメーヘンの和約が結ばれて帰国し、軍隊を退《しりぞ》くと、ロンドンの東数キロのところにある小さな地所で暮《く》らすことにした。そこは最近、妻《つま》が相続して、わたしのものになったのだ。

明日、わたしは死ぬ。これから真実をありのままに書こうと思う。わたしは生まれつきの臆病者《おくびょうもの》で、子どもの頃《ころ》から、こそこそした、不機嫌《ふきげん》で、疑《うたぐ》り深いたちだった。あの世で話しているようにきこえるかもしれないが、それは、これを書いているいま、わたしの墓穴《はかあな》が掘《ほ》られているからだ。わたしの名前は死すべき者の名を連ねた黒い本に書き記されているのだ。

わたしがイギリスにもどってすぐ、たったひとりの兄が死の病にとりつかれた。

しかし、ちっとも悲しくはなかった。というのも、大人になってから、ほとんど会うことがなかったからだ。兄は正直で、寛大《かんだい》で、わたしより顔立ちがよく、才能《さいのう》にも恵《めぐ》まれ、多くの人に愛されていた。家でも外でも、わたしと付き合いたがる人もいたが、それはみんな兄の友だちになりたかったからだ。だから、わたしとの付き合いはすぐに終わったし、最初からこんなことをいう連中もいた。いやあ、驚《おどろ》いたよ、きみたちふたりほど性格《せいかく》も見た目もちがう兄弟がいるなんて。それを認《みと》めさせるのが、わたしの趣味《しゅみ》だった。わたしたちをみて、他人がどう思うかはわかっていた。わたしの胸《むね》には嫉妬《しっと》が渦巻《うずま》いていて、わたしはそれを正当化したかったのだ。

わたしたちはある姉妹と結婚《けっこん》した。なら、少しは仲がよくなったと思われるかもしれないが、よけい疎遠《そえん》になるばかりだった。兄の妻はわたしのことをよく知っていた。彼女《かのじょ》の前では胸に秘《ひ》めた嫉妬や憎悪《ぞうお》をみせないようにしていたのだが、しっかり見抜《みぬ》かれていた。ふと目を上げると、決まってこちらをみつめているのだ。わたしはうつむいたり、顔をそむけたりはしなかったが、いつもみられている気がし

＊ フランスとオランダの間で起こった戦争の講和条約《こうわじょうやく》

てならなかった。だから、彼女《かのじょ》とけんかになると、思いのほかほっとしたし、彼女が外国で死んだときいたときは、たまらなくうれしかった。しかし、いま考えてみると、それから起こる恐《おそ》ろしい奇妙《きみょう》な予兆のようなものが、そのときすでにわたしの上に、その影《かげ》を落としていたのかもしれない。わたしは彼女が恐ろしかった。彼女にとりつかれているような気がしていた。あのじっとみすえるような目つきが、またもどってきた。不気味な夢《ゆめ》をみているようだ。全身の血が凍《こお》ってしまいそうだ。

彼女は赤ん坊《ぼう》を産んですぐ死んだ。赤ん坊は男の子だった。

それから数年後、兄は病に倒《たお》れ、快復《かいふく》の見込《みこ》みがないことを知ると、わたしの妻《つま》を病床《びょうしょう》に呼《よ》んで、そのとき四歳《さい》だったその子をあずけた。そしてその子に全財産《ぜんざいさん》を遺《のこ》し、万が一、その子が死んだときは、それを妻にゆずることにした。それは彼女の愛情《あいじょう》と気遣《きづか》いにたいするせめてもの感謝《かんしゃ》の気持ちだといった。兄はわたしとふた言み言、言葉をかわし、長いこと疎遠《そえん》だったのが残念だといった。それからぐったりして眠《ねむ》りこみ、それきり目を覚ますことはなかった。

わたしたちには子どもがいなかった。妻は、死んだ姉を心から愛していたので、まるで実の母のようにその子をかわいがった。子どものほうも妻になついた。ただ、顔も性格《せいかく》も母親似《に》で、わたしには決して心をゆるさなかった。

あのいやな感じをおぼえるようになったのがいつからだったのかは、よくおぼえていないのだが、わたしはその子がそばにいると、落ち着かなくなった。なんとなくいやな気分になってふと顔を上げると、いつもその子がこちらをみているのだ。その目というのが、子どもらしい無邪気《むじゃき》な目ではなく、どこか母親を思い出させる意味ありげな、ふくみのある目なのだ。顔つきや表情《ひょうじょう》が母親そっくりだから、そんなふうに錯覚《さっかく》したわけではない。わたしはその子を無視《むし》することができなかった。その子はわたしを怖《こわ》がっていたが、そのくせ、直感的にわたしを軽蔑《けいべつ》していた。そしてわたしににらまれて、後ずさるときでさえ――わたしとふたりきりになると、いつもドアのそばに後ずさったものだが――輝《かがや》く目をじっとこちらに向けていた。もしかしたらわたしは真実から逃《に》げているのかもしれないが、最初は、その子に乱暴《らんぼう》をしようなどと考えたことはなかった。その子が死んで、受け継《つ》いだ財産《ざいさん》がわれわれのものになればありがたい、くらいは考えたこともあったかもしれない。が、自分が手を下すなど論外《ろんがい》。それに、そんな考えもいきなりわいてきたわけではなく、ゆっくりと、最初は遠くにぼんやりとみえていただけだった。地震《じしん》や最後の審判《しんぱん》のようなものだ。それが次第に近づいてきて、恐怖《きょうふ》が薄《うす》れていき、やろうと思えばできそうな気がして、それが毎日頭にうかぶことの一部になり――いや、ほぼ全部になって、その手段《しゅだん》を考え、どうすれば罪《つみ》に問われないですむかを考えるようになり、やめようとか、自重しようとかいう気持ちは消し飛んでしまった。

頭のなかでこんな考えが育ちだしてからは、その子にみつめられるのが耐《た》えられなくなった。ところが、魔法《まほう》にかかったかのように、あのほっそりしたきゃしゃな体をみると、簡単《かんたん》にやってしまえると考えるようになってしまった。ときどき階段《かいだん》をこっそり上って、その子が眠《ねむ》っているのをみたこともある。しかし、普段《ふだん》は庭をぶらついて、部屋の窓《まど》から、なかで勉強をしているところをのぞいていた。その子は低い椅子《いす》に座《すわ》って、隣《となり》にはわたしの妻《つま》がいた。わたしは何時間も木の陰《かげ》からのぞいたものだ。まるで犯罪者《はんざいしゃ》のように、葉ずれの音がするたびに、びくっとして逃《に》げ、またこっそりもどってはのぞきこみ、また、びくっとして逃げるのをくり返していたのだ。

家のすぐそばなのに、家からはまったくみえない、そして（そよ風でも吹《ふ》いていれば）音もきこえない、深い川があった。わたしは何日かそこにいって、小型のナイフで木の簡単なボートを作った。そして仕上がると、子どもがよく通る道に置いた。それから陰に隠《かく》れた。その子がひとりでボートを浮《う》かべにくるときに必ずその前を通るはずだった。わたしはそこで、その子がやってくるのを待った。しかし、その日も、次の日もこなかった。わたしは昼から夕方までずっと待っていたのだ。その子が罠《わな》にかかったのはわかっていた。というのも、ボートをみつけたとしゃべるのを耳にしていたからだ。うれしくて無邪気《むじゃき》にそばに置いて寝《ね》ていることも知っていた。わたしは飽《あ》きもせず、疲《つか》れることもなく、じっと待っていた。そして三日目、その子が目の前を楽しそうに駆《か》けていった。絹《きぬ》のような髪《かみ》を風になびかせて、陽気なバラッドを――神よ、どうかわたしにお慈悲《じひ》を！――舌足《したた》らずに歌いながら。

わたしはあたりに生えている雑木《ぞうき》の陰《かげ》に隠《かく》れるようにして、こっそりあとをつけていった。大の男がどんな恐怖《きょうふ》を感じながら、子どものあとを追っていったかは、悪魔《あくま》しか知らないだろう。その子は川まで走っていった。わたしはそのすぐ後ろに近づくと、片膝《かたひざ》をつき、片手《かたて》をのばして突《つ》き落とそうとした。そのとき、水面にわたしの影《かげ》が映《うつ》り、その子が振《ふ》り返った。

母親の亡霊《ぼうれい》がその目からこちらをみていた。雲に隠れていた太陽がいきなり姿《すがた》を現《あらわ》し、晴れ渡《わた》った空が、きらめく地面が、すんだ水が、葉についた雨水が、まぶしく輝《かがや》いた。いたるところに、その目があった。壮大《そうだい》な光の宇宙《うちゅう》が、これから起こる殺人をみようとしている。その子がなんといったのかはおぼえていない。大胆《だいたん》な立《りっ》派《ぱ》な男の血を引いているだけあって、普通《ふつう》の子どもみたいに、ひるんだり、へつらったりはしなかった。大声でこういった。おじさんを好きになるようにします――。

おじさんが好きです、とはいわなかった。そして家のほうに駆けていくのがみえた。そして気がつくと、わたしは手に剣《けん》を握《にぎ》っていて、足下にその子が倒《たお》れて死んでいた。血まみれだったが、それ以外は、眠《ねむ》っているときと変わらなかった。同じ格好《かっこう》で、頬《ほほ》を小さな手の上に置いていていた。

わたしはその子を――死んでしまったからには、そっと――抱《だ》きあげて、しげみのなかに置いた。その日、妻《つま》は外出していて、次の日まで帰らないことになっていた。わたしたちの寝室《しんしつ》は、家のしげみに面している唯一《ゆいいつ》の寝室で、地面からほんの数十センチほど上にあったので、夜になったら、そこから下りて、遺骸《いがい》を庭に埋《う》めることにした。計画をしくじった、とは思わなかった。川をさらったところで遺骸はみつからないだろう、とも考えなかった。子どもは行方不明になったか、さらわれたかだろうということになるので、遺産《いさん》も手に入らない、ということも考えなかった。頭にあったのは、やってしまったことを隠さなくてはならない、それだけだった。

お子さんが行方不明ですといわれたときの気持ち、あらゆるところを捜《さが》すよう頼《たの》んだときの気持ち、だれかが近づくたびにぎょっとして震《ふる》えたときの気持ちは、なんとも言葉にしようがないし、だれにも想像《そうぞう》できないだろう。その晩《ばん》、わたしは遺《い》体《たい》を埋《う》めた。そのあと、木の枝《えだ》を分けて、暗いしげみのなかをのぞきこむと、ホタルが一匹《ぴき》飛んでいた。まるで神の意志《いし》が目にみえる形になって、殺された子どもをながめているかのようだった。あらためて墓穴《はかあな》をのぞきこむと、子どもの胸《むね》の上にそのホタルがとまっていた。光る目が天を見上げ、わたしをみつめている星々《ほしぼし》に、何かを訴《うった》えているかのようだった。

妻《つま》に会って、この知らせを伝え、すぐにみつかるだろうといってやらなくてはならなかった。実際《じっさい》、そうしたのだが、それなりに誠実《せいじつ》そうにみえたはずだ。だれにも疑《うたが》われていなかったのだから。そのあと、わたしは寝室《しんしつ》の窓《まど》の前に椅子《いす》を置いて一日中座《すわ》り、恐《おそ》ろしい秘密《ひみつ》を隠《かく》した場所をみつめた。

そこは、新しく芝生《しばふ》を植えるので掘《ほ》り返したところだった。そこなら鋤《すき》で土を掘ったあとが目につきにくいと思ったからだ。芝《しば》を植えにきた連中は、わたしのことを頭がおかしいと思ったにちがいない。なにしろ、大声で、急げ急げとせかし続けたかと思うと、そこに駆《か》けていって、いっしょに芝を植え、靴《くつ》で土を踏《ふ》みつけ、早くしろ早くしろと、必死に声をかけていたのだから。日が沈《しず》むまえに仕事は終わり、わたしはほっとした。

わたしは眠《ねむ》ったが、目ざめても疲《つか》れはいやされず、気分はめいったままだった。みる夢《ゆめ》も、ひたすら追いかけられている、ぼんやりとしてとりとめのない夢だったり、芝生のすみから、手が一本、足がひとつ、突《つ》き出てきて、それから頭が出てくる夢だったりした。そういうときは必ず目が覚めて、わたしはこっそり窓の前までいって、芝生がもとのままかどうか確《たし》かめる。それからまたベッドにもどる。こんなふうに、ひと晩中、うなされ、二十回ほども起き上がっては横になり、何度も何度も同じ夢をみた。それは寝《ね》ないで横になっているときよりひどくこたえた。なぜなら、どの夢もひと晩分の苦しみを体験させるからだ。あるとき、自分は子どもなど殺していない、殺そうなどと思ったこともないという夢《ゆめ》をみた。その夢からさめたときは、それまでにない恐怖《きょうふ》にさいなまれた。

次の日、わたしはまた窓《まど》の前に座《すわ》って、ひたすらあの場所をみつめていた。芝生《しばふ》が植えられているが、わたしにははっきりみえた。形も、大きさも、深さも、穴《あな》のふちのでこぼこも、すべて。日の光に照らされているかのように、はっきりみえた。召使《めしつか》いがその上を歩くと、穴に落ちないか不安になり、通り過《す》ぎていくと、靴《くつ》に踏《ふ》まれて、穴の縁《ふち》がへこんでいないか気になった。小鳥がそこにとまるだけでも、何かとんでもないことが起こって、気づかれるのではないかと不安になって震《ふる》えあがった。あの芝生の上で、風が軽くため息をつくだけで、わたしにはそれが、人殺しというささやきにきこえた。あらゆる動きや音が――どんなにありふれて、つまらない、ささいなものであれ――恐怖を呼《よ》んだ。こんなふうにひたすら、庭の一画をみつめているうちに、三日が過ぎた。

そして四日目、ヨーロッパ大陸に従軍《じゅうぐん》したときの仲間がひとり、うちにやってきた。彼《かれ》は仲のいい士官を連れてきていたが、会ったことのない人物だった。わたしは、あそこがみえないところにいるのは耐《た》えられないと思った。夏の夕方だったので、召使いたちにテーブルとワインを庭に出すようにいった。そしてあの墓《はか》の上に椅子《いす》をおいて、座った。これで、わたしが気づかないうちに、墓に手を出すことはできない。仲間と、飲んで話をしようと思った。

ふたりは、奥《おく》さんはお元気ですか——部屋で寝《ね》てらっしゃるのですか——われわれを恐《おそ》れて閉《と》じこもっているわけじゃありませんよね、などといった。わたしはしかたなく、しどろもどろに、子どもが行方不明になったことを話した。初対面の士官は下を向く癖《くせ》があって、わたしがしゃべっていると、いつもあそこに目をやっているようにみえた。たかがそれだけのことにも、わたしはぞっとした。彼がそこに何かをみて、事の真相を知っているような気がしたのだ。わたしはあわてて、まさか、あなたは、といいかけて、言葉を飲みこんだ。すると相手はおだやかな顔で、「まさか殺されているなどと思ってはいませんよね、とききたいのですか？」とたずねてから、こう続けた。「まさか！　幼《おさな》い子どもを殺していったいなんになります？」幼い子どもを殺してどうなるか、話してやろうかと思った。わたし以上にそれをよく知っている者はないのだから。しかし、わたしは口をつぐんだまま、マラリアにでもかかったかのように震《ふる》えていた。

わたしが動揺《どうよう》している理由を勘違《かんちが》いして、ふたりはわたしを元気づけようと、きっとみつかりますよといってくれた。わたしは、心からほっとした！　そのとき、低いうなり声がきこえた、二頭の大きな犬が塀《へい》から庭に飛びこんできて、またうなった。

「ブラッドハウンド犬だ！」ふたりの客が叫《さけ》んだ。

そんなことを教えてもらってもしょうがない。わたしはブラッドハウンド犬などみたことはなかったが、どんな犬で、なんのためにやってきたかはわかっていた。わたしは椅子《いす》のひじ掛《か》けをつかんだまま、口を開くことも動くこともできなかった。

「純血種《じゅんけつしゅ》だな」ヨーロッパ大陸でわたしといっしょだった男がいった。「散歩に連れてきた飼《か》い主から逃《に》げてきたんだろう」

ふたりの客は犬をみていた。犬は地面に鼻をくっつけるようにして、あちこちせわしく走り回ったかと思うと、左右に分かれて、ぐるぐる駆《か》け回ったりしている。まるで野獣《やじゅう》のようだ。わたしたちには目もくれない。ときどき、さっきのうなり声をあげては鼻を地面にくっつけて、あっちやこっちをかぎ回っている。そのうち、それまで以上に熱心に地面をかぎ始めた。そしてせわしく走り回るのはそれまでと同じだったが、動く範囲《はんい》が狭《せま》くなって、一点をめざすかのように、わたしとの距離《きょり》が次第に縮《ちぢ》まってきた。

そしてついに、わたしの座《すわ》っている大きな椅子に近づいてくると、恐《おそ》ろしい吠《ほ》え声を上げて、じゃまになっている椅子の横木を食いちぎろうとした。そのすぐ下に目的のものがあるのだ。わたしがどんな顔をしているのか、ふたりの客の顔をみてわかった。

「目当てのものをかぎつけたのか」ふたりが口をそろえていった。

「そんなはずはない！」わたしは叫《さけ》んだ。

「そこから離《はな》れろ！」わたしの知り合いのほうが必死の表情《ひょうじょう》でいった。「八つ裂《ざ》きにされるぞ」

「ばらばらに食いちぎられても、ここをどくもんか！」わたしは声を張《は》り上げた。「犬が人を食い殺すなんて、あるわけがない。こいつらをたたき切って、切り刻《きざ》んでやれ」

「そこに何か、いまわしいものを隠《かく》しているな」もうひとりの男がそういうと剣《けん》を抜《ぬ》いた。「チャールズ王の名にかけて、この男をつかまえる。手を貸《か》してくれ」

ふたりの客はわたしに飛びかかって、椅子《いす》からひきずりおろそうとしたが、わたしはかみついたり、つかみかかったりして激《はげ》しく抵抗《ていこう》した。しばらくやりあったが、結局、ふたりにおさえられてしまった。そのとき、興奮《こうふん》した二頭の犬が、すさまじい勢《いきお》いで地面を掘《ほ》り返した。土が噴水《ふんすい》のように飛び散った。

これ以上、もう語るべきことはない。わたしは膝《ひざ》をついて、歯を鳴らしながら、真実を告白し、許《ゆる》しを乞《こ》うた。その後、罪状《ざいじょう》を否認《ひにん》してきて、こうしていま、ふたたび告白をしている。わたしは裁判《さいばん》にかけられ、有罪《ゆうざい》になり、絞首刑《こうしゅけい》を宣告《せんこく》された。

わたしは臆病者《おくびょうもの》で、運命を受け入れることも、運命に耐《た》えることもできない。わたしには同情《どうじょう》も、なぐさめも、希望も、友もない。幸いなことに、妻《つま》は正気をなくしていて、これら一連のことは何も知らないし、わたしの不幸も、自分の不幸も知らない。わたしはいまひとり、この石の牢獄《ろうごく》のなかにいる。残虐《ざんぎゃく》な気持ちを心に秘《ひ》めたまま。そして明日がくる。

追いつめられた男

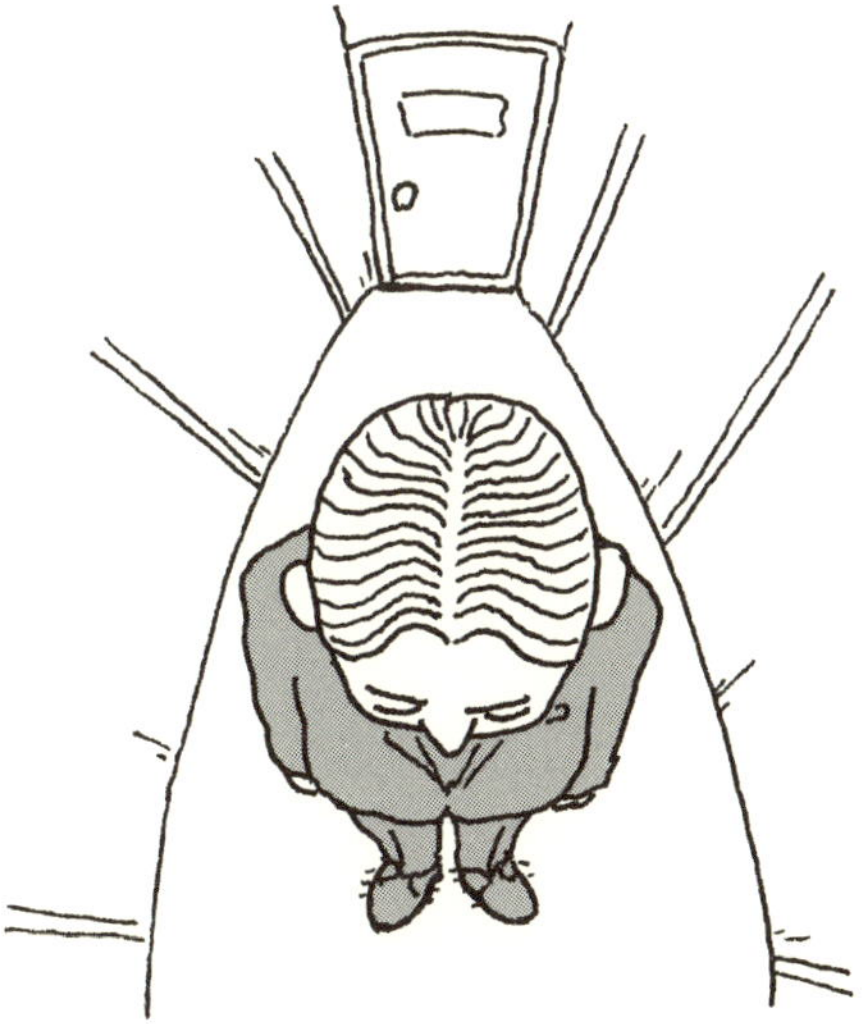

Hunted Down

I

人生で感動的な出来事を目にする人は少なくない。生命保険会社《せいめいほけんがいしゃ》の総支配人《そうしはいにん》であるわたしも、この三十年ほどの間に普通《ふつう》の人以上に、そういう出来事を目にしてきた。こんな職業《しょくぎょう》についていては、ありえないと思われるかもしれないが、そうでもないのだ。

退職《たいしょく》して気楽に暮《く》らせるようになったので、それまでにはなかった時間、つまり、かつて見聞きしたことをゆっくり考える時間ができた。振《ふ》り返って考えてみると、体験したことが、当時よりもずっとおもしろくみえてくる。劇場《げきじょう》からうちにもどって、幕《まく》の下りた芝居《しばい》を、舞台《ぶたい》のまぶしい照明や、場内の騒々《そうぞう》しさや、せわしなさから解放《かいほう》されて、思い出す、そんな感じだ。

現実《げんじつ》に出くわした不思議な事件《じけん》のひとつを思い出してみよう。

人の顔ほど真実を語るものはない。その人の態度《たいど》もふくめてみれば、ほぼ完璧《かんぺき》に相手がわかる。顔は本のようなものだ。「永遠《えいえん》の真実」がひとりひとりに書かせた本といってもいい。ただそれを読むのは難《むずか》しいらしく、ほとんど研究されていない。天性《てんせい》の才能《さいのう》も必要だし(なんでもそうだが)かなりの忍耐《にんたい》と苦労が必要だ。忍耐して苦労して、人の顔を研究しようという人はあまりいない。多くの人々《ひとびと》はわずかばかりのよくある表情《ひょうじょう》を人間の全人格《ぜんじんかく》のように考える。たとえば、音楽や、ギリシア語や、ラテン語や、フランス語や、イタリア語や、ヘブライ語の本を長い時間をかけ読もうという人はいても、後ろから肩《かた》ごしにそれを教えてくれる人の顔を読もうという人はいない。いても、五百人のうちひとりくらいだろう。その根底には、ささやかな自己満足《じこまんぞく》があるのだと思う。相手の表情を読むのにたいした知識《ちしき》は必要ないという誤解《ごかい》だ。それくらいの知識は普通に身につくから、だまされることなどないと思っているのだ。

わたしは何度もだまされた。知り合いにだまされたこともあるし、友人にだまされたこともある。友人にだまされたことのほうが、ほかの人間にだまされたことよりもはるかに多い。なぜそんなにだまされてきたのだろう。相手の顔を読み間違《まちが》えたのだろうか。

いや、そうではない。顔と態度《たいど》から受けた第一印象はつねに正しかった。問題は、わたしが彼《かれ》らと親しくなって、嘘《うそ》をつくのを許《ゆる》してしまったところにあったのだ。

II

会社はロンドンにあって、そのなかのわたしのオフィスは分厚《ぶあつ》いガラスで仕切られていた。だからわたしは会社のなかの様子をみることができたが、声はきこえなかった。その仕切りのガラスのある場所には、何年もまえにこの建物がたてられたときからずっと壁《かべ》があった。それをガラスにかえたわけだが、用事でやってくる人々《ひとびと》の第一印象のみ受け取って、話をきかないためだったかどうかは、どうでもいい。ただ、これだけはいっておこう。壁をガラスにかえたのはわたしで、生命保険《せいめいほけん》会社《がいしゃ》というのは、もっとも巧妙《こうみょう》で冷酷《れいこく》な連中にねらわれているところなのだ。

このガラスのむこうにやってきた、ある紳士《しんし》の話を話すことにしよう。

その紳士はわたしの知らないうちに入ってきていた。そして帽子《ぼうし》と傘《かさ》を広いカウンターの上に置いて、身を乗りだし、係の者から書類を何枚《なんまい》か受け取るところだった。四十歳《さい》くらいで、髪《かみ》は黒く、とびきり趣味《しゅみ》のいい黒い服を着ていた。どうやら、喪服《もふく》のようだ。そして、礼儀《れいぎ》正しく差しだした手には、ぴったりサイズの合った黒のキッド革《がわ》の手袋《てぶくろ》をはめていた。髪も油をつけてていねいにとかして、まん中からきれいにふたつに分けてある。紳士はその分け目を、係の者に向ける格好《かっこう》で、こんなことをいっているように――わたしには思えた。「いいですか、こっちをみて。さあ、こちらへきて。砂利道《じゃりみち》を歩いて、芝生《しばふ》を踏《ふ》まないように。芝生には入らない

ように ね」

それをみた瞬間《しゅんかん》、わたしは激《はげ》しい嫌悪《けんお》を感じた。

紳士《しんし》は印刷された書類をたのんで、係の者がそれを渡《わた》して、説明した。紳士は愛想よく、にこやかに、輝《かがや》く目で相手の目をみていた（悪人は相手の目をみないなどというばかばかしいことがよくいわれているが、そんな嘘《うそ》を信じてはいけない。もうけになると思ったら、不正直者は正直者の目を、相手が決まり悪くなるくらい、じっとみるものだ）。

まつげの動きで、紳士に気づかれたのがわかった。紳士は髪《かみ》の分け目をこちらに向けて、ほほえんだ。まるで、「まっすぐこちらに歩いてきてください。芝生《しばふ》に踏《ふ》みこんではいけませんよ」といわんばかりの顔だ。

紳士はすぐに帽子《ぼうし》をかぶると傘《かさ》を持って出ていった。

わたしは係の者を呼《よ》んでたずねた。「いまの客はどなたかね？」

係の者は名刺《めいし》を持ってきていた。「ジュリアス・スリンクトンさんです。弁護士《べんごし》が多く住んでいるミドルテンプルにお住まいです」

「アダムズくん、あの客は弁護士だと思うかね？」

「いいえ、ちがうと思います」

「教会の人かと思ったんだが、名刺には牧師《ぼくし》ともなんとも書かれていない」

「あの格好《かっこう》からすると、牧師さんにみえますが、まだ牧師さんになる勉強をしているようです」

紳士は上品な白のネクタイをしめて、上品なシャツを着ていたことを書き足しておこう。

「それで、なんの用事だった？」

「申《もう》し込《こ》み用紙と、保証人《ほしょうにん》の用紙がほしいとのことでした」

「ここにきたのは、だれかの紹介《しょうかい》で？　そういっていたかね」

「はい、所長のご友人の紹介でいらっしゃったそうです。所長には気づいてらしたようですが、今日が初めてだし、おじゃまするのはもうしわけないと」

「わたしの名前を知っていたのかね」

「はい。『あそこにいらっしゃるのがサンプソンさんですね』とおっしゃってました」

「ていねいな言葉づかいの人のようだったが」

「とても、ていねいな方です」

「そつのない人のようだった？」

「はい、まったくその通りでした」

「そうか。席にもどってくれたまえ、アダムズくん」

それから二週間ほどして、わたしは友人《ゆうじん》の夕食会に招《まね》かれた。その友人は商売をしているのだが、とても趣味《しゅみ》がよくて、よく絵や本を買っていた。その家で最初に出会ったのが、ジュリアス・スリンクトンだった。暖炉《だんろ》の前に立って、やさしそうな目をして、おだやかな顔をしていたが、（わたしには、）近づくなら、こっちの決めた道を歩いてこい、といっているようにみえた。

わたしがみていると、スリンクトンはわたしの友人に、サンプソンさんに紹介《しょうかい》してほしいといい、友人はいわれたようにした。スリンクトンは、お会いできてとてもうれしく思いますといった。大げさなところはなく、うれしさがそのまま伝わってきた。じつに育ちがよく、わざとらしさがまったくなかった。

「もう、会ったことがあったんですね」友人がスリンクトンにいった。

「いいえ、あなたにご紹介いただいて、オフィスをたずねたときおみかけしただけです。お仕事中におじゃましてはもうしわけないと思って、お声がけするのは遠慮《えんりょ》しました。たいした用事ではなかったので」

わたしは、この人の紹介だったら、喜んでお役に立ったのですが、といった。

「きっとそうだと思います。ありがとうございます。次にうかがうときは、少しあつかましくさせていただくかもしれません。ですが、仕事らしい仕事の話のときは、です。ビジネスの世界では時間はとても大切ですからね。世の中には無作法な人々《ひとびと》が数え切れないくらいいます」

わたしは相手の配慮《はいりょ》に、軽く会釈《えしゃく》してこたえた。「ご自分の生命保険《せいめいほけん》のことでいらっしゃったのですね」

「とんでもない！　わたしは、サンプソンさんがお考えのような慎重《しんちょう》な人間ではありません。友人のかわりにお店にうかがっただけです。ですが、ごぞんじのように、こういう事に関して、友人というものはたいして役に立つものではありません。ですから、友人の問い合わせなどで、お忙《いそが》しい方の手をわずらわせるのは気が引けてしょうがないのです。なにしろ、人が友人の助言に耳を貸《か》すのは〇・一パーセントくらいなのですから。人間というのは気まぐれで、自分勝手で、つまらないものです。お仕事をなさっていて、そう思われませんか」

わたしは、例外はありますよと答えようとしたのだが、髪《かみ》の毛のきれいな白い分け目を向けられて、「まっすぐ歩いてきてくださいね！」といわれたような気になり、「ええ」と答えてしまった。

「ところで、サンプソンさん」スリンクトンが話をつづけた。友人はコックをかえたばかりで、いつもとちがって、時間通りに食事の用意ができないようだった。

「生命保険業界《せいめいほけん》が、つい最近、かなりの損失《そんしつ》をこうむったときいたのですが」

「金銭面《きんせんめん》でですか」

スリンクトンは、わたしがとっさに金銭のことを考えたのがおかしかったらしく、声をあげて笑った。「いえいえ、能力《のうりょく》と熱意の面でです」

相手が何をいっているのかすぐにはわからず、わたしは一瞬《いっしゅん》、考えてしまった。

「われわれが、そのような損失を？　気がつきませんでした」

「サンプソンさんはまだ、ご退職《たいしょく》する年ではありませんよね。まだまだ現役《げんえき》でしょう。メルサム氏も――」

「ああ、たしかに！　そうでした。イネスティマブル保険会社《ほけんがいしゃ》の若《わか》い計理士でした」

「そうそう、彼《かれ》のことです」スリンクトンが、わたしをなぐさめるような口調でいった。

「たしかに大きな損失でした。保険の業務《ぎょうむ》に関して、彼ほど考え深く、独創《どくそう》的で、熱心な人物はみたことがありません」

わたしは熱く語った。というのも、わたしは彼《かれ》を高く評価《ひょうか》していたし、尊敬《そんけい》していたのに、スリンクトンのほうはなんとなく、彼をばかにしているような雰囲気《ふんいき》があったからだ。あの几帳面《きちょうめん》な分け目をこちらに向けられて、わたしは、まずいぞと思った。「芝生《しばふ》を踏《ふ》まないようにお願いします——砂利道《じゃりみち》を歩いてきてください」といわれているような気がしたのだ。

「メルサム氏をごぞんじでしたか」わたしはたずねた。

「評判《ひょうばん》を耳にしただけです。もし友人だったら、それこそ名誉《めいよ》です。じつに得がたい友になったでしょう。メルサム氏が健在《けんざい》なら、ぜひおつきあいしたいところですが、わたしなどにはとてもむりですね。なにしろ人間の出来がちがう。メルサム氏はたしか三十ちょっとでしたか？」

「三十歳《さい》くらいでした」

「ああ！」スリンクトンはまたさっきのなぐさめるような口調でいった。「人間というのはまったくあわれなものです！　メルサム氏もあの年であんなことになって、現役《げんえき》を退《しりぞ》いてしまうなんて！　なぜあんないたましいことになったか、理由をごぞんじですか」

（そうきたか）わたしは相手の顔をみながら考えた。（しかし、その道は遠慮《えんりょ》して、わたしは芝生の上を歩いていく）

「スリンクトンさんこそ、何かごぞんじではないのですか」わたしは率直《そっちょく》にたずねた。

「ひとつ知っていますが、おそらく根も葉もないうわさでしょう。うわさというのは、そういうものですからね。人にきいたことをくり返すつもりはありません。うわさの爪《つめ》をはいで、頭をそりあげるには、沈黙《ちんもく》以外の方法はありませんから。ですが、サンプソンさんに、メルサム氏が社会から身を引いた理由をたずねられたとなると、話はべつです。わたしは下らないゴシップを広めるつもりは毛頭ないのですが、きいたところによれば、メルサム氏が仕事をやめて、将来《しょうらい》を棒《ぼう》に振《ふ》ったのは、失恋《しつれん》が原因《げんいん》だったようです。好きだった女性《じょせい》に振られたということです。ただ、あんなに有能《ゆうのう》で魅力的《みりょくてき》な男性《だんせい》がまさか、そんなことはしないでしょう」

「魅力《みりょく》も能力《のうりょく》も死から身を守る鎧《よろい》にはなりませんよ」わたしはいった。

「おや、相手の女性《じょせい》が亡《な》くなったのですか。それは失礼しました。そんなことはきいていなかったものですから。それは、つらいでしょう。メルサム氏もお気の毒に！　相手が亡くなった？　なんということでしょう。じつにいたましい！」

わたしにはまだ、相手の態度《たいど》がうさんくさくみえてならなかった。その裏《うら》に、冷ややかな嘲笑《ちょうしょう》が潜《ひそ》んでいるような気がしていたのだ。ところが、食事が始まると告げられて、ほかの客と同じように各自の席に向かう直前、彼《かれ》はこんなことを打ち明けた。

「サンプソンさん、わたしが会ったこともない人物のことでこんなに悲しんでいるのをみて驚《おどろ》かれたかもしれませんが、じつは、とても他人事とは思えないのです。というのは、わたしも同じ経験《けいけん》をしたからです。それもつい最近。かわいい姪《めい》がふたりいるのですが、そのうちのひとりが死んでしまったのです。ずっといっしょに暮《く》らしてきました。まだ若《わか》く——二十三歳《さい》でした。そのうえ、もうひとりの姪もかなり具合が悪い。まったく、この世界は墓場《はかば》です！」

彼の心から嘆《なげ》く様子をみて、わたしは自分の冷淡《れいたん》さが後ろめたくなった。冷淡さと不信感が身についたのは、いやな経験をしたからだというのは自分でもわかっていた。生まれついてのものではない。わたしはよく考えることがある。相手を信頼《しんらい》できなかったために失ったものは多いが、警戒《けいかい》して得たものは少ない。しかし、そういう自分に慣《な》れてしまっていたので、さっきの話が気になってしょうがなかった。もっと重要なことがあったかもしれないのだが、そちらのほうはおざなりになっていた。みていると、食事中、彼がしゃべりだすと、まわりの客がすぐに話に引きこまれるのがわかった。彼はすぐれた直感を持っていて、話し相手の知識《ちしき》や習慣《しゅうかん》にふさわしい話題を提供《ていきょう》することができるらしい。さっきの会話にしても、わたしが最も理解《りかい》できそうで、最も興味《きょうみ》を持ちそうな話題を振《ふ》ってきた。そしていまも、ほかの人を相手に同じようにしているのだ。夕食に呼《よ》ばれた客は様々《さまざま》だったが、わたしがみるかぎり、彼はどんな人を相手にしても失敗することはなかった。どんな職業《しょくぎょう》に関しても話を合わせる程度《ていど》の知識《ちしき》があり、専門的《せんもんてき》なことになると、謙虚《けんきょ》に質問《しつもん》をするのが自然にみえる程度に知識がなかった。

彼《かれ》はじつによくしゃべった——が、しゃべりすぎという印象を与《あた》えないのは、ほかの客がしゃべらせているようにみえるからだ。そのうち、わたしは自分に腹《はら》が立ってきた。わたしは彼の顔を、まるで時計のように細かく分解《ぶんかい》して、ひとつひとつ観察していた。そのどれひとつとっても、不快《ふかい》なものはなかった。そしてそれを総合《そうごう》してできた顔には、さらに不快なものはない。わたしは思った。(まったくひどい話だ。相手がたまたま髪《かみ》をまん中で分けているからといって、疑《うたが》わしく思って不信感を持つなど、あっていいはずがない)

(ここでひとことお断《ことわ》りをしておこう。こんな謙虚なことをいっているものの、自分には良識《りょうしき》が欠けているらしい。というのも、初対面の相手にどうでもいいことで嫌悪感《けんおかん》を抱《いだ》く人間は、その直感を大切にしてもいいと考えているからだ。もしかしたら、それが大きな謎《なぞ》を解《と》く鍵《かぎ》になるかもしれない。一、二本の毛がライオンの隠《かく》

れ場所を教えてくれるかもしれない。小さな鍵が大きな扉《とびら》を開くこともある）
しばらくして、わたしは彼とまた話すことになったが、とても楽しかった。応接室《おうせつしつ》でくつろいでいるとき、友人に、いつからスリンクトンを知っているのかたずねてみた。友人はこういっていた。何ヶ月もまえから知っているわけじゃないんだ。今夜ここにきている有名な画家の家で初めて会った。画家はスリンクトンをよく知っていてね、彼がふたりの姪《めい》の静養のため、いっしょにイタリアを旅行していたときに知り合ったらしい。姪のひとりが死んだのがショックで、人生に絶望《ぜつぼう》して、いまは大学にもどるつもりで勉強をしている。まあ、形だけのものだろうが、大学で単位を取って、聖職《せいしょく》につくんじゃないか。
それをきいて、わたしは考えた。彼が、あのかわいそうなメルサムに興味《きょうみ》を持つ本当の理由はこれなのかもしれない。だとしたら、自分は当たり前のことを疑《うたが》っているひどい男ということになる。

Ⅲ

二日後、ガラスで仕切られたオフィスにいると、以前と同じように彼《かれ》が事務所《じむしょ》に入ってきた。そしてその姿《すがた》をみた瞬間《しゅんかん》、声はきかないまま、それまで以上に不快感《ふかいかん》を持った。

ただ、それはほんの一瞬《いっしゅん》のことだった。というのは、彼はわたしと目が合うと、黒の手袋《てぶくろ》をぴったりはめた手を振《ふ》って、オフィスに入ってきたからだ。

「こんにちは、サンプソンさん！　ご親切につけこんで、ずうずうしく、おじゃましてもいいですか。といっても、そちらのお仕事になりそうな要件《ようけん》ではないのです。要件というのもおこがましいほどの、つまらないことでやってきたのです」

お役に立てることがあれば、なんなりと、とわたしはいった。

「お気持ちはうれしいのですが、何もないと思います。ここにおじゃましたのは、何をやらせてもぐずな友人がいるのですが、その友人が珍《めずら》しく現実的《げんじつてき》で分別のある判断《はんだん》をしたかどうかを確《たし》かめるためなのです。ですが、まあ、何もしてないでしょう。このあいだここでいただいた書類を渡《わた》したときは、とても喜んでいたのですが、結局、何もしませんでした。人間というのは一般的《いっぱんてき》に、すべきことをするのをいやがるものですが、自分の命に保険《ほけん》をかけるとなると、よけい気が進まなくなるようです。遺書《いしょ》を書くような感じがするのでしょう。人間は迷信深《めいしんぶか》いから、保険をかけるとすぐ死んでしまいそうな気になるのかもしれません」

「こっちへ、どうぞ、こっちへきてください、サンプソンさん。右にずれても、左にずれてもいけませんよ」わたしは頭のなかに、そんな声がきこえるような気がした。彼はほほえみながらわたしのほうをみつめて、いまいましい分け目をわたしの鼻の前に向けている。

「たしかに、そんな感じがする人もいますが、それほど多くはないと思いますよ」

「そうですよね」スリンクトンはにっこりして肩《かた》をすくめてみせた。「よき天使が現《あらわ》れて、わたしの友人を正しい方向に導《みちび》いてくれればいいのですが。わたしはあせって、ノーフォークにいる彼《かれ》のお母さんと妹さんに、保険《ほけん》をかけさせますと約束してしまったのです。彼もそうすると約束したのに、ちっともやろうとしない」

スリンクトンは一、二分、どうでもいいことをしゃべってから帰っていった。

次の日の朝、わたしがデスクの引き出しの鍵《かぎ》を開けるか開けないかのうちに、またスリンクトンがやってきた。みていると、まっすぐガラスの仕切りのドアまでやってきた。

「二分ほど、よろしいですか」

「ええ、もちろん」

「ありがとうございます」彼は帽子《ぼうし》と傘《かさ》をテーブルの上に置いた。「おじゃまにならないよう、朝早くやってきました。じつは、わたしも驚《おどろ》いているのですが、友人が保険に加入することにしたのです」

「申しこまれたんですね」

「そうなんです」彼は意味ありげな表情《ひょうじょう》でわたしをみながら答えた。それから何かひらめいたらしくこういった。「いや、そういっているだけかもしれません。そうか、そうやって逃《に》げようという新しい手ですね。いままで気がつきませんでした！」

事務員《じむいん》のアダムズは、朝やってきた手紙を開けていた。

「スリンクトンさん、ご友人のお名前はなんとおっしゃいます」

「ベクウィスです」

わたしはガラスの仕切りのドアからアダムズに声をかけて、ベクウィスさんからの申《もう》し込《こ》み書が届《とど》いていたら、持ってきてくれといった。アダムズはすでに手紙をカウンターの上に並《なら》べていたので、すぐにそれをみつけて持ってきた。アルフレッド・ベクウィス。二千ポンドの生命保険に加入。日付は前日だった。

「スリンクトンさん、住所はミドルテンプルですね」

「ええ、彼《かれ》はわたしと同じアパートの同じ階に住んでいるんです。むかいの部屋です。それにしても、わたしを保証人《ほしょうにん》にするとは思いませんでした」

「いや、それは当然でしょう」

「まあ、いわれてみれば、その通りなのですが、考えたこともありませんでした。さて」彼はポケットから書類を取りだした。「この質問《しつもん》に、どう答えればいいんですかね」

「もちろん、本当のことを書いてください」

「あ、はい、もちろん！」彼は書類から顔をあげて、にっこりした。「わたしは、ずいぶんたくさん質問があるといいたかったんです。ですが、細かくたずねるのは当然ですよね。そうでないと、困《こま》りますからね。ペンとインクをお借りしていいですか」

「どうぞ」

「それからデスクも使わせてください」

「どうぞ」

スリンクトンは帽子《ぼうし》と傘《かさ》の間のどこで書こうかと迷《まよ》っていたが、わたしの椅子《いす》にすわり、吸《す》い取り紙とインク入れを前にして、頭のまん中の歩道をきっちりわたしのほうに向けた。わたしは暖炉《だんろ》を背《せ》に立っていた。

書類に書きこむまえに、質問を声に出して読み、答えを口にした。アルフレッド・ベクウィス氏とのおつきあいはどれくらいになりますか？　スリンクトンは指を折って数えた。習慣《しゅうかん》や性癖《せいへき》についてごぞんじのことを書いてください。これは簡単《かんたん》ですね。何に関しても節度をわきまえています。ひとついわせてもらえれば、ちょっと運動をしすぎです。どの答えも申し分なかった。スリンクトンはすべて書き終えると、読み直して、最後にきれいな字で署名《しょめい》した。そして、これで終わりですねとたずねた。わたしは、ほかには何もありませんよといった。書類はここに置いていってていいですか？　ええ、そのほうがよければどうぞ。お世話になりました。いえいえ、どうぞ、お気をつけて。

その日、わたしにはスリンクトンのまえにもうひとり、客があった。事務所《じむしょ》ではなく、家でだ。客はまだ明るくなるまえに、わたしのベッドのそばまでやってきた。その姿《すがた》をみたのは、わたしのほかには、忠実《ちゅうじつ》な召使《めしつか》いだけだ。

もう一通の書類（保証人《ほしょうにん》は必ずふたり必要だった）はノーフォークに送られ、郵《ゆう》便《びん》で返ってきた。こちらもまったく不備《ふび》はなかった。これで書類はすべてそろった。契約《けいやく》が成立し、一年分の保険料《ほけんりょう》が支払《しはら》われた。

Ⅳ

六、七ヶ月の間、スリンクトンに会う機会はなかった。彼《かれ》のほうは一度、うちを訪《たず》ねてきたらしいが、わたしが外出中だった。一度、彼からミドルテンプルで夕食をいっしょにいかがですかという誘《さそ》いがあったが、わたしに先約があった。彼の友人の保険《ほけん》は三月から発効《はっこう》することになっていた。九月の終わりか十月の初め、わたしは海の空気を吸《す》いに、港町スカーバラに遊びにいったのだが、そのとき海岸で彼と会った。夕方でもまだ暑く、彼は帽子《ぼうし》を片手《かたて》にやってきた。絶対《ぜったい》に歩きたくない髪《かみ》の分け目の小道が、目の前に突《つ》きつけられた。

彼はひとりではなく、若《わか》い女性《じょせい》と腕《うで》を組んでいた。

その女性は喪服《もふく》を着ていたので、わたしは、おや、と思った。驚《おどろ》くほどやせていて、顔は青白く、憂《うれ》いに満ちていたが、とてもかわいい。スリンクトンは、姪《めい》のナイナーですと紹介《しょうかい》してこういった。

「お散歩ですか、サンプソンさん。そんな暇《ひま》がおありなんですか」

「わたしだって、そのくらいの暇はありますよ。ほら、いま散歩をしているところです」

「ごいっしょさせていただいてよろしいですか」

「どうぞどうぞ」

わたしたちは若い女性を間にはさんで、ひんやりした砂浜《すなはま》を歩いて、ファイリーのほうへ向かった。

「車輪の跡《あと》だ」スリンクトンがいった。「また、あの車椅子《くるまいす》か！　マーガレット、これはまちがいなく、きみの影《かげ》だね」

「ナイナーさんの影ですって?」わたしは砂浜《すなはま》に目をこらしてたずねた。

「いえ、そうじゃないんです」スリンクトンはそういって笑った。「マーガレット、サンプソンさんに説明してあげなさい」

「でも」マーガレットがわたしのほうをみていった。「話すことなんて、何もないんです――ただ、わたしがいくところには必ず、あの体の弱いご老人がいらっしゃるんです。おじさまにそのことをお話ししたら、その老人はきみの影だねといわれて」

「そのご老人はスカーバラに住んでいらっしゃるのですか」わたしがたずねた。

「いえ、よそからいらっしゃっているお客さまです」

「マーガレットさんは、スカーバラにお住まいで?」

「いえ、わたしもよそからきたんです。おじさまがわたしを、ここの家族にお預《あず》けになったの。健康のために」

「あなたの影も健康のために?」わたしはにっこりしてたずねた。

「わたしの影も」彼女《かのじょ》もにっこりして答えてくれた。「わたしに似《に》て、あまり健康ではないようです。というのも、何日か姿《すがた》をみせないこともあるんです。わたしもときどき家にいなくちゃいけないことがあって。ふたりとも、外出できないときがあるんです。何日も何日も会わないことがあるかと思えば、不思議なことに、どこにいっても、毎日のようにお会いすることもありますけど。この海岸の、だれもいかないような場所でお会いしたこともあります」

「あれが、そのご老人ですか?」わたしは前のほうを指さしてたずねた。

車輪の跡が波打ち際《ぎわ》までいって、砂浜に大きな弧《こ》を描《えが》いて、こちらに向かってい る。そしてその先には、ひとりの男が車椅子を引っぱっているのだった。

近づいてくる車椅子のほうに、われわれも近づいていった。車椅子には老人が座《すわ》って、胸《むね》にあごをくっつけるようにしている。ずいぶん重ね着をしている。車椅子《くるまいす》を引いているのは、口数の少ない、しかし、とても目の鋭《するど》い男で、髪《かみ》は暗い灰色《はいいろ》で、少し足を引きずっている。車椅子は、わたしたちの前を通り過《す》ぎたが、そのとき、座《すわ》っていた老人が手をのばして、わたしの名前を呼《よ》んだ。わたしはスリンクトンとマーガレットから離《はな》れて、そちらに歩いていって五分ほど話をした。

わたしがふたりにまた合流すると、スリンクトンがまず口を開いた。というか、わたしがふたりに追いつくまえに、大きな声でたずねた。

「早くもどってきてくださってよかった。そうでなかったら、マーガレットが、自分の影《かげ》の正体を知りたがって大変だったと思います」

「東インド会社の偉《えら》い方です。いつか、いっしょにわたしの友人に夕食に呼ばれたことがあったでしょう。あの友人の親友なんですよ。バンクス少佐《しょうさ》。お名前くらいはおききになったことがあるでしょう?」

「いいえ、一度も」

「ナイナーさん、バンクス少佐はとてもお金持ちなのですが、かなりのお年で、それに足もかなり悪いんです。人づきあいもよく、気取ったところもありません。あなたにずいぶん興味《きょうみ》を持っていらっしゃるようでした。ついさっきも、あなたとおじさんがとても仲が良さそうにみえると話していました」

スリンクトンはまた帽子《ぼうし》を手に持っていて、もう片方《かたほう》の手でまっすぐな分け目をなでた。まるでそこを、わたしのあとについて、のんびり歩いていきますよ、とでもいわんばかりだ。

「サンプソンさん」彼《かれ》はやさしく姪《めい》の腕《うで》を取りながらいった。「わたしたちがおたがいを思う気持ちは昔からずっと強かったんです。なにしろ、ほかには身内とよべるものがほとんどいませんでしたから。そしてつい最近、またひとり減《へ》りました。わたしたちを結びつけているものも、もうこの世のものではなくなってしまった。そうだよね、マーガレット」

「おじさま!」マーガレットは小声でいうと、横を向いて涙《なみだ》を隠《かく》した。

「サンプソンさん、わたしと姪《めい》は同じ思い出と悲しみを共有しているのです」彼《かれ》がしんみりといった。「わたしたちがおたがい冷ややかで、無関心だったら、それこそ変でしょう。一度あなたにはお話ししました。きっとわたしの気持ちをわかってくださるでしょう。さあ、マーガレット、元気を出しなさい。そんなに沈《しず》んでないで。ほらほら、マーガレット、そんなに沈んだ顔をしていると、わたしもつらい」

マーガレットはみるからに悲しそうだったが、取り乱《みだ》すようなことはなかった。スリンクトンのほうもつらそうだった。ちょっと気晴らしをしてきますというと、岸のほうにいって泳ぎ始めた。わたしたちを岩のそばに残していったのは、そうしておけば、姪が自分のことを大いにほめてくれると思ってのことだろう――が、その程度《ていど》のうぬぼれは大目にみるとしよう。

マーガレットは、大いにその期待にこたえた！　手放しといってもいいくらいに、スリンクトンをほめあげ、亡《な》くなった姉にどんなにやさしかったか、最後までどんなに尽《つ》くしたかを話した。姉はほんとうに少しずつ、ゆっくりやつれていって、最後は狂気《きょうき》といってもいいほどの妄想《もうそう》にかられて大変だったのですが、おじさまはじっと耐《た》えて、気を確《たし》かに持っていらっしゃいました。いつもやさしく、注意をおこたることなく、冷静でした。わたしと同じように、姉もよくわかっていました。おじさまほど親切ですばらしく、頼《たよ》りになる男性《だんせい》はいないし、体の弱いわたしたちがこの世に生きているかぎり、心強い支《ささ》えになってくれる、ということを。

「サンプソンさん、わたしも、もうすぐおじさまとお別れすることになるでしょう。死期が近いのはわかっています。わたしが死んだら、おじさまが結婚《けっこん》なさって、幸せになるよう祈《いの》っています。こんなに長いこと独身《どくしん》でいらっしゃったのは、わたしと、かわいそうな姉のためなんです」

小さい車椅子《くるまいす》がぬれた砂浜《すなはま》にまた大きな輪を描《えが》いてもどってきた。車輪の跡《あと》が、七、八百メートルくらいの細長い「8」の字になっている。

「ナイナーさん」わたしは彼女《かのじょ》の腕《うで》に手を置いて、小声でいった。「時間がありません。海のおだやかな波音がきこえますか」

彼女《かのじょ》はおどろいて、警戒《けいかい》するようにこちらをみた。「はい」

「嵐《あらし》がやってくるときは、どんな波音になるかはごぞんじですよね」

「はい」

「わたしたちのながめている海はとても静かでおだやかですが、容赦《ようしゃ》のないすさまじい姿《すがた》になることもごぞんじですね。それも今夜、そうなるかもしれない」

「はい」

「しかし、そんな光景をみたことがなく、海の残虐《ざんぎゃく》さをきいたことがなかったとしたら、命のないものを冷酷《れいこく》に打ち砕《くだ》き、命あるものを平然とたたき殺すことがあるといわれても信じられると思いますか」

「そんな怖《こわ》いこと、なぜおっしゃるんですか」

「あなたをお救いするためです！　どうか、動揺《どうよう》しないよう、気をしっかり持ってください！　もしここにひとり取り残され、潮《しお》が満ちてきてあなたの頭の上、十五メートルほどまでやってきたとしても、あなたがいま直面している危険《きけん》、わたしがあなたを救いだそうとしている危険とくらべれば、たかが知れています」

砂浜《すなはま》の「8」の字が完成し、その端《はし》から小さな弧《こ》を描《えが》いて、車椅子《くるまいす》がわたしたちの近くにある崖《がけ》のほうにやってきた。

「天にかけて、全人類を裁《さば》く神にかけて、あなたの友人として、亡《な》くなったお姉さんの友人として、心からお願いします。ナイナーさん、いますぐ、わたしといっしょに、あの紳士《しんし》のところに！」

小さな車椅子がもう少し遠くにいたら、彼女を連れていけなかったかもしれない。しかし、すぐ近くまできていたので、彼女をせかせて、落ち着いて考える余裕《よゆう》ができるまえに車椅子のところまでいくことができた。二分ほどのことだった。そして五分もたたないうちに、わたしはさっきふたりで座《すわ》っていた岩までもどって、胸《むね》をなでおろした。彼女が崖にきざまれた階段《かいだん》を、たくましい男に支《ささ》えられるように、運ばれるようにして上っていくのがみえる。あの男といれば、彼女はどこにいても安全だ。

わたしはひとりで岩の上に座《すわ》って、スリンクトンを待っていた。夕陽は沈《しず》んで、あたりが暗くなりかけた頃《ころ》、彼《かれ》が岩の先をまわってもどってきた。上着のボタン穴《あな》あたりに帽子《ぼうし》をぶら下げ、片方《かたほう》の手でぬれた髪《かみ》をなでつけ、もう片方の手に持った携帯《けいたい》用の櫛《くし》でいつもの分け目をつけている。

「サンプソンさん、姪《めい》がいないようですが」彼はあたりをみまわしながらたずねた。

「日が沈んで寒くなったので、さきにお帰りになりましたよ」

スリンクトンは驚《おどろ》いたようだった。彼女《かのじょ》は何をするにも自分といっしょで、ひとりでは何もできないはずだ、といわんばかりだ。

「わたしが、そうするよう勧《すす》めたのです」

「そうでしたか！　あの子は人のいうことに素直《すなお》に従《したが》うほうなんですよ。よかった。ありがとうございます。家のなかにいるほうがいいんです。正直いって、海水浴場がこんなに遠いとは思ってなかったのです」

「ナイナーさんは、とても体が弱そうですね」

スリンクトンはうなずいて、大きなため息をついた。「本当に、そのとおりなんです。まえにもお話ししましたよね。あのときから、ちっともよくなっていない。まだ若《わか》かった姉を襲《おそ》った暗い影《かげ》が、あの子にも迫《せま》っている、じりじりと忍《しの》び寄《よ》っているように思えてならないのです。マーガレットがかわいそうでなりません！　ですが、希望を持たなくては」

車椅子《くるまいす》が、足の悪い人を乗せているとは思えない速さで遠ざかり、そのあとに、ジグザグの跡《あと》を残していく。スリンクトンはハンカチで目をぬぐうと、それに気がついていった。

「サンプソンさん、あの車椅子、ひっくり返りそうですよ」

「たしかに」

「召使《めしつか》いが酔《よ》っ払《ぱら》っているのでは？」

「あの召使いはときどき飲んでますからね」

「サンプソンさん、少佐《しょうさ》はあんなに軽いんですか？」

「ええ、体重はとても軽いようです」

その頃《ころ》までには、ありがたいことに、車椅子《くるまいす》は闇《やみ》のなかに消えてしまった。わたしはスリンクトンと並《なら》んで、しばらく砂浜《すなはま》を歩いた。そのうち彼《かれ》が口を開いたが、姪《めい》の不調が心配でならない様子が残っていた。

「ここには長く滞在《たいざい》するご予定ですか、サンプソンさん」

「いえいえ、今夜、発つ予定です」

「ずいぶんあわただしい。仕事が放してくれないんですね。サンプソンさんほどの方になると、ゆっくり休んだり、のんびり遊んだりする時間もないんでしょう」

「さあ、それはどうか。ともあれ、今夜、帰ります」

「ロンドンへ？」

「ええ、ロンドンへ」

「わたしもすぐ、ロンドンへいくことになりそうです」

それはわたしも知っていたが、彼にはいわなかった。ポケットのなかの右手に握《にぎ》っている防衛《ぼうえい》のための武器《ぶき》のこともいわず、彼の横を歩いていった。なぜ自分が海側を歩いていないのか、その理由もいわなかった。もうあたりは暗い。

海岸から離《はな》れて少しいくと、挨拶《あいさつ》をして、別れたのだが、彼は振《ふ》り返って声をかけた。

「サンプソンさん、ひとつうかがってかまいませんか。このあいだ話に出たメルサム氏ですが――まだご存命《ぞんめい》ですか?」

「最後にうわさをきいたときはそうでしたが、あの調子では、もう長くないでしょう。もとの職《しょく》にもどるのはとても無理です」

「なんとも、やりきれません」彼は深いため息をついた。「悲しいことです! まったく、この世界は墓場《はかば》です!」

この世界が墓場だとしたら、それはいったいだれのせいですか、と返してもよかったのだが、さっきあげたいくつかのこと同様、口にはしなかった。そして彼は立ち去り、わたしも道を急いだ。まえにも書いたが、これが、九月の終わりか十月の初めのことだった。そして次に彼《かれ》に会ったのが――それが最後だったのだが――十一月の終わり頃《ごろ》だった。

V

その日、ミドルテンプルで朝食をとるという非常《ひじょう》に重要な約束があった。朝から北東の風がつよく、通りにはみぞれ混《ま》じりの雪が十センチくらい積もっていた。歩いてきたせいで、すぐに膝《ひざ》までぬれてしまった。しかし、この約束は、首までぬれようとも、果たさなくてはならなかった。

約束の場所はミドルテンプルのテムズ川ぞいの、さびれた場所にたつ建物の一番上の階だった。片方《かたほう》のドアにはアルフレッド・ベクウィスと書かれていて、むかいのドアにはジュリアス・スリンクトンと書かれている。どちらのドアも開いていて、話は筒抜《つつぬ》けの状態《じょうたい》だ。

そこを訪《たず》ねるのは初めてだった。どちらの部屋も陰気《いんき》で、狭苦《せまくる》しく、不衛生《ふえいせい》で、不快《ふかい》だった。家具は、もとはいいもので、そう使っていないはずなのに、色あせて、きたならしい。どちらの部屋も散らかり放題で、アヘンとブランデーとタバコの強《きょう》烈《れつ》なにおいが立ちこめていて、暖炉《だんろ》の火格子《ひごうし》も火かき棒《ぼう》もまっ赤に錆《さ》びている。朝食が用意されている部屋の暖炉わきのソファには、ベクウィスが寝転《ねころ》がっていた。ひどく酔《よ》っ払《ぱら》っていて、野垂《のた》れ死にするのも遠くない感じだ。

「スリンクトンはまだきてなくて」わたしが部屋に入ると、ベクウィスがふらふらと立ち上がった。「呼《よ》んでやろう。——おおい、ジュリアス、ジュリアス・シーザー？　こっちにきて飲め！」ベクウィスは大声で怒鳴《どな》ると、火かき棒と火ばさみを力まかせに打ち鳴らした。いつもこうやって相棒《あいぼう》を呼びつけるのが自分のやり方だといわんばかりだ。

むかいの部屋から声がきこえて、スリンクトンがやってきた。わたしがきているとは思っていなかったようだ。わたしはそれまでに何度か、詐欺師《さぎし》を驚《おどろ》かせたことがあるが、わたしをみたときのスリンクトンほど顔色を変えた男は初めてだった。

「おーい、ジュリアス・シーザー」ベクウィスがよろよろとわたしたちの間に入ってきた。「こちらはサンプソンさーんだ！　サンプソンさーん、こいつがジュリアス・

シーザーです！　サンプソンさーん、ジュリアスはおれの大親友で、いつも酒を持ってきてくれるんですよ。朝も昼も夜もね。まったく、ほんとにいいやつだ。ここにあった紅茶《こうちゃ》やコーヒーを窓《まど》から捨《す》てて、水差しの水を捨てて酒を入れてくれる。ジュリアスのおかげで、元気いっぱい、生きていけるんです――ジュリアス、ブランデーを温めてくれ」

　錆《さ》びて水垢《みずあか》のついた鍋《なべ》が、暖炉《だんろ》の灰《はい》のなかにあった。灰は何週間も掻《か》きだしていないようで、ずいぶん積もっている。ベクウィスはよろけながら、わたしたちの間にやってくると、暖炉に転げこみそうになりながら、鍋をつかんで、スリンクトンの手に押《お》しつけた。

「ジュリアス・シーザー、ブランデーを温めてくれ！　早く！　いつもの仕事だ。ブランデーを温めてくれ！」

　ベクウィスが鍋を乱暴《らんぼう》に振《ふ》り回しはじめた。スリンクトンの頭をなぐりかねないので、わたしは片手《かたて》でベクウィスを軽く押した。彼《かれ》はソファに尻《しり》もちをつくと、激《はげ》しくあえぎながらふるえた。目はまっ赤で、ぼろぼろのガウンをはおって、わたしたちをみつめている。ふとみると、テーブルのうえにはブランデー以外の飲み物はなかった。食べ物は、塩漬《しおづ》けのニシンと、みるからに辛《から》そうで体に悪そうなシチューがあるだけだ。

「サンプソンさん」スリンクトンは、髪《かみ》の分け目をこちらに向けて――これが最後になったのだが――いった。「ありがとうございます。この不運な男になぐられるところでした。なぜここにいらっしゃったのか、どんな理由でここにいらっしゃったのかは知りませんが、ともあれ、助かりました」

「ブランデーを温めてくれよ」ベクウィスがぼそっといった。

スリンクトンはわたしがここにきた理由を知りたそうだったが、それは無視《むし》しておだやかにたずねた。「スリンクトンさん、姪御《めいご》さんのおかげんはいかがですか」

スリンクトンがこちらをじっとみたので、わたしも見返した。

「残念ながら、姪《めい》は一番の親友を裏切《うらぎ》りました。恩知《おんし》らずもはなはだしい。ひと言の説明も言い訳《わけ》もなく、いなくなりました。どこかのならず者にだまされて連れていかれたのです。まだおききになっていませんか」

「ええ、ならず者にだまされて連れていかれたようですね。ここにその証拠《しょうこ》があります」

「ほんとうですか」

「まちがいありません」

「ブランデーを温めてくれよ」ベクウィスがぼそっといった。「朝食のお供《とも》にブランデー。いつもの仕事だろう。いつもの朝食、昼食、お茶、夕食。ブランデーを温めてくれ！」

スリンクトンはそちらをみて、またわたしをみると、少し考えていった。

「サンプソンさん、あなたは世間のいろんなことに詳《くわ》しい。わたしもそうです。ですから、正直にいいます」

「まさか」わたしは首を振《ふ》りながらいった。

「いえ、ほんとうです。本当に正直にいいます」

「まさか、としかいいようがありませんね。あなたのことはすべてわかっています。そのあなたが正直にいうなど、ありえません。ばかばかしい」

「正直にいいます」スリンクトンはしつこくくり返したが、態度《たいど》は落ち着いていた。

「あなたの目的はわかっています。会社の損失《そんしつ》をまぬがれたい、保険金《ほけんきん》を払《はら》いたくない、そうでしょう。あなたがた保険会社《ほけんがいしゃ》の人たちがよく使う昔からの手口です。ですが、そうはいきません。うまくいくはずがない。相手が悪い。なにしろわたしですから。いずれ、ベクウィス氏がなぜこのようなことになってしまったのかは調べる必要があります。今日はこれくらいにして、このあわれな男と、この男のとりとめのない言葉は取り合わないでおきます。さあ、もうお帰りください。次はいい契約《けいやく》が取れることを祈《いの》ってます」

スリンクトンが話しているとき、ベクウィスはコップにブランデーを注いでいたが、話し終わった瞬間《しゅんかん》、それをスリンクトンの顔にかけて、コップを投げつけた。

スリンクトンは驚《おどろ》いて両手をあげた。ブランデーが目にしみて、額《ひたい》にはガラスの切り傷《きず》ができている。コップの割《わ》れる音をききつけて、四人目の男が入ってきてドアを閉《し》め、その前に立った。とてもおだやかそうだが、目だけは鋭《するど》い。髪《かみ》は灰色《はいいろ》で、少し足を引きずっている。

スリンクトンはハンカチを出すと、目に当てて痛《いた》みをやわらげ、額の血をぬぐった。そうやってゆっくり手を動かしているうちに、彼《かれ》に恐《おそ》ろしい変化が表れた。ベクウィスの突然《とつぜん》の変化が引き起こしたものだ。ベクウィスのほうは呼吸《こきゅう》も震《ふる》えも落ち着いて、まっすぐ座《すわ》ったまま、スリンクトンをにらみつけている。そのときのベクウィスの顔ほど、憎悪《ぞうお》と決意がくっきり刻《きざ》まれている顔はいままでみたことがない。

「こっちをみろ、悪党《あくとう》」ベクウィスがいった。「このおれをみるがいい。ここの部屋を借りたのは、おまえを罠《わな》にかけるためだ。酔《よ》っぱらいの振《ふ》りをしてここにやってきたのも、おまえをおびきよせる餌《えさ》だ。まんまと引っかかったな。生きては出られないぞ。おまえが最後にサンプソンさんのオフィスにいった朝、おれはそのまえにサンプソンさんに会ってたんだ。おれたちはふたりとも最初から、おまえの手口がわかってた。だから、だまされた振りをしてたってわけだ。なんだ？　おれをうまく言いくるめて、二千ポンドいただくつもりだったんだろ？　ブランデーで殺すつもりだったが、ブランデーだけじゃ長いことかかりそうだから、もっと速くきくものを使うつもりになったんだろ？　おれが意識《いしき》を失った振りをしたとき、小瓶《こびん》からおれのコップに何か入れたのはみられてないと思ってたんだろ？　おい、人殺し、ペテン師《し》、真夜中、ふたりきりのことがよくあったよな。そんなとき、ピストルでおまえの頭をぶち抜《ぬ》いてやろうと何度思ったことか！」

間抜《まぬ》けな獲物《えもの》だとばかり思っていた男がいきなり、堂々《どうどう》とした男に変身して、自分を追いつめ、殺そうと、全身に殺気をみなぎらせている。スリンクトンは最初、たじろいでどうすることもできなかった。文字通り、震《ふる》え上がってしまった。しかし、計算高い極悪人は、どんなに追いつめられても、その本性《ほんしょう》は変わることがなく、最後まで悪人らしく振《ふ》る舞《ま》うものだ。そういう男は平気で人を殺す。殺人というのはそういう男にとっては当然の結果であって、殺すことなどなんとも思っていない。大胆《だいたん》に、ずうずうしくやってのける。人々《ひとびと》は驚《おどろ》いてよくこういう。どんな悪漢にも良心というものがあるはずなのに、あの男はよくあんなことができたな。しかし、少しでもやましいと思ったら、あるいは、やましいと思うだけの良心を持っていたら、殺人など犯《おか》すはずがない。

スリンクトンはじつにスリンクトンらしく――わたしは怪物《かいぶつ》のようなやつだと思っていた――落ち着きを取りもどし、冷ややかに、平然と反抗《はんこう》してみせた。青ざめ、疲《つか》れきった様子で、表情《ひょうじょう》も変わっていたが、大きな賭《か》けに出て、だまされて、負けた勝負師《しょうぶし》のような態度《たいど》をしたのだ。

「よくきけ、悪党《あくとう》」ベクウィスがいった。「おれのひと言ひと言を、その邪悪《じゃあく》な心臓《しん》《ぞう》に突《つ》き刺《さ》してやる。おれがこの部屋を借りて、おまえの前に現《あらわ》れたとき、こういう格好《かっこう》をして、こういう性格《せいかく》で、こういう習慣《しゅうかん》だという振りをすれば、きっとおまえは引っかかると思った。どうしてわかったか知りたいか？　それは、おまえのことをよく知っていたからだ。残酷《ざんこく》な人でなしで、金ほしさに、心から信頼《しんらい》していた無邪気《むじゃき》な女の子を殺し、もうひとりをじわじわ殺そうとしているということをな」

スリンクトンはかぎタバコを取りだして、少しつまむと、鼻の下にもっていって、吸《す》いこんだ。そして、笑った。

「だが、みるがいい」ベクウィスは相手から目を離《はな》すことなく、声を荒《あら》げることなく、表情をやわらげることなく、握《にぎ》った拳《こぶし》をゆるめることなく、続けた。「結局、おまえは間抜けなオオカミだった！　おまえが能《のう》なしの酔《よ》いどれと思っていた男は、おまえが飲ませようとした酒は五十分の一も飲んでない。残りはあっちやこっちに捨《す》てたからな。それもおまえの目の前で。おまえがおれを見張《みは》らせて酒を飲ませるつもりでやとった男を買収《ばいしゅう》したんだよ。おまえよりよけいに金をやったんだ。仕事を始めて三日もたってなかっただろう。油断《ゆだん》したな。だが、おれはおまえを地上から消してやろうと心に固く誓《ちか》っていたから、いくらおまえが慎重《しんちょう》に行動したところで、結局、逃《に》げることはできなかっただろう。おれは床《ゆか》に寝転《ねころ》がって、何度もおまえがこの部屋を出ていくのをみていたし、その靴《くつ》で転がされても、殺しもせず、何も気取られることなく、ここから出してやった。おれはひと晩《ばん》に、いや一時間に、いや数分間に何度も、おまえが起きているか確《たし》かめて、寝《ね》ているのがわかると、枕《まくら》のそばまでいって書類をひっくり返し、小瓶《こびん》の中身や粉薬を少量盗《ぬす》みだしてそれがなにか突《つ》きとめ、中身をすり替《か》え、おまえの生活の秘密《ひみつ》をすべて盗んでやった！」

スリンクトンは、かぎタバコをひとつまみして、ゆっくり床に落とすと、靴で広げて、しばらくながめていた。

「その酔《よ》っぱらいは」ベクウィスは続けた。「いつでも自由におまえの部屋に出入りできるようになっていた。おまえは、強い酒を置いておけば、おれが勝手に飲んで、早くあの世にいくと思っていたんだろう。ところが、酔っぱらいはおまえなんかと親しくするくらいなら、トラと親しくするほうがましだと思っていたし、おまえの鍵《かぎ》をすべて開けられるマスターキーを持っていたから、持っていた毒薬の成分はすべてわかったし、暗号を解読《かいどく》する解読表も手に入れた。だから、おまえと同じくらい詳《くわ》しくなっていたんだ。この悪事が終わるまでどれくらいかかるか、どんな薬が置いてあって、それはどれくらいの間隔《かんかく》で使用すれば、どんなふうにゆっくりと心身をむしばんでいくか、どんな妄想《もうそう》が生まれ、どんな症状《しょうじょう》が表れるか、どんな肉体的な痛《いた》みが表れるか。もうひとつ、酔っぱらいが、おまえと同じくらいよく知っていることがある。それはおまえが、これからの計画のために毎日、日誌《にっし》をつけていたということだ。そしてもうひとつ、おまえ以上によく知っていることもある。それは、いま、それがどこにあるかということだ」

スリンクトンは動かしていた靴を止めて、ベクウィスをみた。

「いや」ベクウィスは、質問《しつもん》に答えるかのようにいった。「書き物机《づくえ》の、ばね仕掛《じか》けで開くようになっている引き出しじゃない。いまはそこにないし、これからもそこにもどることはない」

「なんだ、じゃあ、あんたは泥棒《どろぼう》か」スリンクトンがいった。

ベクウィスは顔色ひとつ変えなかった。その不屈《ふくつ》の意志《いし》は、みていて恐《おそ》ろしいくらいだった。そしてこの強い意志がある限《かぎ》り、スリンクトンはどうあがいても逃《に》げられないだろうと思った。ベクウィスはスリンクトンにこう答えた。

「おれは泥棒でもあるし、あの姪《めい》の影《かげ》でもある」

スリンクトンは、悪魔《あくま》にでも食われろといって、頭に手をやり、髪《かみ》の毛を引き抜《ぬ》いて床《ゆか》に投げつけた。髪の分け目は消えてしまった。自分でだいなしにしてしまったわけだが、もう使いようがないのは本人もわかっていた。

ベクウィスは続けた。「おまえが部屋から出ていったら、おれも出ていった。おまえがあやしまれないように計画をしばらく中止したのも知っていたが、そのときもしっかり見張《みは》っていた。あのかわいそうな、お人好しの女の子にも気を配っていた。そして日誌《にっし》を手に入れると、一語一語読んでいった。おまえがスカーバラに発つ前の日の晩《ばん》だ。その晩のことをおぼえているか？　おまえは平たい小瓶《こびん》を手首にくくりつけて寝《ね》ていた。そのとき、おれはサンプソンさんに使いをやった。サンプソンさんは陰《かげ》でおれを助けてくれていたんだ。ドアの前に立っているのは、サンプソンさんの忠実《ちゅうじつ》な召使《めしつか》いだ。おれたち三人で、姪をおまえの手から守ったというわけだ」

スリンクトンはわたしたち全員をみて、一、二歩、よろよろと踏《ふ》みだしたかと思うと、またもとのところにもどった。それから奇妙《きみょう》な目でまわりをみた。いやらしい爬虫類《はちゅうるい》が隠《かく》れる穴《あな》をさがすような目だった。それと同時に、その姿勢《しせい》ががらっと変わった。まるで体がくずれてしまったかのように、服がへしゃげて、ぶかぶかになったのだ。

「教えてやるから、よくきけ」ベクウィスがいった。「そして後悔《こうかい》して、恐れおののくがいい。なぜ、おれがひとりでおまえを追いつめようとしたか。なぜ、おまえを追及《ついきゅう》するためならサンプソンさんの会社がいくらでも費用を出してくることを承知《しょうち》のうえで、自分ひとりでおまえを死の寸前《すんぜん》まで追いつめたのか。おまえはメルサムという名前をときどき口にしたらしいな」

目つきも体つきも変わってしまったスリンクトンが、はっとして息をとめた。

「おまえは、姪《めい》の姉のほうを（おそらく、うまく状況《じょうきょう》や偶然《ぐうぜん》をでっちあげて）メルサムの保険会社《ほけんがいしゃ》にいかせた。彼女《かのじょ》を海外に連れていって、墓場《はかば》に導《みちび》く計画に着手するまえのことだ。そしてメルサムは彼女に会い、彼女と話す運命にあった。だが、彼女を救う運命にはなかった。もちろん、もし救えるなら命だって差しだしただろう。彼《かれ》は彼女を崇拝《すうはい》していた――いや、心から愛していた。おまえにその言葉はわからないだろうが。そして彼女が犠牲《ぎせい》になったとき、彼はおまえの仕業だと確信《かくしん》した。愛する女性《じょせい》を失った彼には生きていくための目的はひとつしかなかった。彼女の復讐《ふくしゅう》をすること。おまえの息の根を止めることだ」

スリンクトンの鼻が震《ふる》えるように上下しているのに、口はまったく動いていない。

「メルサムは心から確信していた」ベクウィスはしっかりした声で続けた。「この世界にいる限《かぎ》りは、絶対《ぜったい》に相手をつかまえられる。そのためには、全力をあげて、必死に相手を追いつめること、これだけを神に与《あた》えられた使命と考えよう。そしてその目的を達成するために、自分を神の手にゆだねて、使命を果たすための道具になろう。そして神の目の前で、あの男を亡《な》き者にする。おれがその男だ。仕事をなしとげられたことを神に感謝《かんしゃ》しよう！」

スリンクトンは、足の速い野蛮人《やばんじん》に十キロか二十キロ追いかけられたとしても、これほど絶望的《ぜつぼうてき》で、いまにも息の止まりそうな思いをすることはなかっただろう。いま、彼は自分を容赦《ようしゃ》なく追いつめた男と向かい合っているのだ。

「これまで、おれの本名は知らなかっただろう。いまようやく、それを知ったわけだ。そのうちまた、会うことになるだろう。殺人罪《さつじんざい》で裁判《さいばん》にかけられるときにな。その次に会うときは、この姿《すがた》を目の前に幻《まぼろし》としてみるがいい。その首にロープが巻《ま》かれて、まわりで群衆《ぐんしゅう》がわめいているときにな！」

メルサムがそういい終えたとき、悪漢は顔をそむけ、手のひらで口をたたいたようにみえた。次の瞬間《しゅんかん》、部屋にそれまでなかった強烈《きょうれつ》なにおいが立ちこめた。それと同時に、男がいきなり、体をねじって走るような、飛び跳《は》ねるような、震《ふる》えるような、なんともいえない痙攣《けいれん》をみせて倒《たお》れた。鈍《にぶ》い振動《しんどう》が、重く古いドアと、窓《まど》ガラスをゆらした。

悪党《あくとう》にふさわしい最期《さいご》だった。

わたしたちはスリンクトンが死んだのを確認《かくにん》すると、部屋を出た。わたしに片手《かたて》を差しだしたメルサムは疲《つか》れきったようにみえた。

「これでもう、この世でやり残したことはありません。しかし、彼女《かのじょ》とはまたどこかで会えそうな気がします」

わたしはメルサムを元気づけようとしたが、むだだった。もしかしたら助けられたかもしれなかった、と彼《かれ》はいった。だが、救えなかった。自分が情《なさ》けなくてしょうがないんです。彼女は死んでしまって、もう心には悲しみしかありません。

「いままでこの体を支《ささ》えてくれた目的はなくなりました。サンプソンさん、もう頼《たよ》りにして生きていくものがなくなりました。生きていてもしょうがない。疲れきって、気力もありません。希望も目的もない。もうおしまいです」

実際《じっさい》、わたしにはとても信じられなかった。いまわたしに語りかけている疲れ果てた男が、確固《かっこ》たる目的を持っていたときはあんなにたくましく、まるで別人のようにみえたのだ。わたしはしきりに思い直すようにいったのだが、メルサムは同じことをくり返すだけだった。いつまでも、元気のない声で、もうだめです、ただただ悲しいだけです、と。

次の年の春早々《そうそう》、メルサムは死に、かわいそうな若《わか》い女性《じょせい》の横に埋葬《まいそう》された。彼が心から愛し、彼を心から後悔《こうかい》させることになった女性の横に。財産《ざいさん》はすべて、その女性の妹、マーガレットに残した。マーガレットは妻《つま》として母として幸せにすごした。彼女の結婚《けっこん》相手は、わたしの妹の息子で、彼はいまメルサムのあとを継《つ》いでいる。マーガレットは元気で、子どもたちも、わたしが遊びにいくと、わたしのステッキを馬の代わりにして庭で楽しそうに遊ぶ。

ゴブリンに
連れ去られた墓《はか》掘《ほ》り

The Story of the Goblins Who Stole a Sexton

この地方のこの地区の南の、修道院《しゅうどういん》で有名な古い町に、ずいぶん昔——気の遠くなりそうな昔のことなのだが、この話は本当にあったことなのはまちがいなく、それというのも、ひいじいさんたちが口をそろえて、「まちがいない」といっているからなのだが——教会の墓地《ぼち》で雑用《ざつよう》と墓掘《はかほ》りをしていたゲイブリエル・グラブという男がいた。墓掘りはいつも墓場《はかば》で仕事をしているからといって、陰気《いんき》で暗いと決めつけてはいけない。そもそも、葬儀《そうぎ》関係の仕事をしている連中は根っから陽気なやつが多い。わたしも、葬式《そうしき》のときにやとわれる供人《ともびと》のひとりと親しくつきあったことがあるが、そいつは仕事を離《はな》れて、自由なときには、めっぽうおもしろく、こっけいな小男で、ばかばかしくてくだらない歌を空《そら》でまちがえることなく、おもしろく歌い、強い酒を立て続けに飲みほすようなやつだった。ただ、そういう例は多いものの、ゲイブリエル・グラブという男は、不機嫌《ふきげん》で、頑固《がんこ》で、ひねくれたやつだった。気むずかしくて、友だちもなく、仲間といえるのは自分と、チョッキの大きくて深いポケットに入れている古い酒の小瓶《こびん》くらいだ。機嫌のいい顔が近づいてくると決まって、不機嫌なしかめっ面でにらみつけて、相手をいやな気分にしてしまう。

あるクリスマスイブの夕暮《ゆうぐ》れ近く、ゲイブリエルはシャベルを肩《かた》にかついで、灯りのともったランタンを手に持ち、古い教会の墓地に向かっていた。次の日の朝までに、墓穴《はかあな》をひとつ掘らなくてはならなかったのだが、気分がくさくさしていたので、さっさと仕事を始めれば、少しは気分もよくなるんじゃないかと考えたのだ。古い通りを歩いていくと、どこの窓《まど》からも赤々《あかあか》と燃《も》える暖炉《だんろ》の暖《あたた》かそうな光がこぼれて、暖炉のまわりに集まっている人々《ひとびと》の笑い声や陽気な声がきこえてきた。忙《いそが》しそうに明日のごちそうを作っている光景も目に入り、そのおいしそうないろんなにおいも鼻をくすぐった。料理の湯気がキッチンの窓から雲のように吹《ふ》き出ている。こういったことすべてが、ゲイブリエル・グラブにとっては不愉快《ふゆかい》で不快《ふかい》だった。子どもたちが何人か家から飛び出してきて、道を渡《わた》り、むかいの家のドアをノックしようとした。するとその家から五、六人の縮《ちぢ》れ毛のやんちゃな子どもが出てきて、みんないっしょに二階に上がっていった。その晩《ばん》は全員でクリスマスの遊びをするのだろう。ゲイブリエルは陰気《いんき》な笑いをうかべ、シャベルの持ち手を握《にぎ》り直して、はしか、猩紅熱《しょうこうねつ》、鵝口瘡《がこうそう》、百日咳《ひゃくにちぜき》、そのほかにもいろんな病気が待っているぞ、と心のなかで思った。

こんなふうにして気持ちを明るくしながら、ゲイブリエルは通りを歩いていった。ときどきすれ違《ちが》う、ご近所さんの陽気な挨拶《あいさつ》に、むっつりうなるような言葉を返しながらいくうちに、墓地《ぼち》に続く暗い小道に出た。ゲイブリエルは早くここにやってきたくてしょうがなかった。というのは、この道は普通《ふつう》、ありがたいことに、暗く寂《さび》しいので、町の連中はあまりこない。くるとしても、昼間、それも太陽が輝《かがや》いているときくらいだ。なので、生意気そうな男の子が大声で、もうすぐ楽しいクリスマス、と歌う声を耳にしたときは、思わずかっとなった。ここでは気分よくいられるはずだったのだ。そもそも、この道は棺桶通り《かんおけどおり》と呼《よ》ばれている。それも古い修道《しゅうどう》院《いん》ができて、頭をそった修道士《しゅうどうし》たちのいた昔からだ。ゲイブリエルが歩いていくと、その歌声が近づいてきた。みるとまだ幼《おさな》い。さっきの古い通りにいる仲間に加わろうと走ってくる。ひとりきりなので怖《こわ》さをまぎらわせようと、そして、仲間といっしょに歌うときの練習のつもりで、大声で歌っているのだ。ゲイブリエルは待ちかまえていて、その子がやってくると、通りの端《はし》につきとばし、持っていたランタンで頭を五、六回なぐりつけて、でかい声で歌うんじゃない、と怒鳴《どな》りつけた。男の子は頭をなでながら逃《に》げていった。歌もまったくちがう歌になっていた。ゲイブリエル・グラブは愉快そうに笑うと、墓地に入って、門の鍵《かぎ》を閉《し》めた。

ゲイブリエルはコートを脱《ぬ》いで、ランタンを下に置くと、掘《ほ》りかけの穴《あな》に入って一時間ほど、けんめいに仕事をした。ところが、土が霜《しも》で凍《こお》りついて固くなっている。これをくだいて外に放りだすのは大変だった。そのうえ月は出ているものの、細くてほとんど墓《はか》まで光が届《とど》かない。おまけに墓は教会の陰《かげ》になっている。いつものゲイブリエルなら、こんな悪条件《あくじょうけん》が重なれば、むっつり不機嫌《ふきげん》になるのだが、今夜は、さっき男の子の歌をやめさせたのがうれしくて、ろくに仕事が進まないのもほとんど気にならなかった。その晩《ばん》、できるところまでやってしまうと、陰気《いんき》な笑いをうかべて、道具を片《かた》づけながら、小声で歌った。

立派《りっぱ》な家だ、立派な家だ
地下一メートル、死んだらここに
頭に墓石《はかいし》、足にも墓石
おいしい肉はウジ虫に
頭の上には草ぼうぼう、体のまわりは冷たい粘土《ねんど》
立派な家だ、立派な家だ！

「ははは！　ははは！」ゲイブリエル・グラブは声を上げて笑った。お気に入りの平らな墓石の上に座《すわ》っている。そして酒の小瓶《こびん》を取りだした。「クリスマス、棺桶《かんおけ》埋《う》めて、クリスマス！　ははは！　ははは！」

「ははは！　ははは！」すぐそばで声がした。

ゲイブリエルはぞっとして、口元まで持っていった小瓶を止めた。そしてあたりをうかがった。青白い月の光に照らされた墓地《ぼち》は、そばにある最も古い墓の底以上に静かだ。まわりの墓石の上の冷たく白い霜《しも》が、連なった宝石《ほうせき》のようにきらめき、その間あいだに古い教会の石像《せきぞう》が立っている。墓地にはさらさらした雪が降《ふ》り積もり、盛《も》りあがった部分がなめらかに白くおおわれているところは、まるで白い衣を着た死骸《しがい》のようだ。あたりは深い静寂《せいじゃく》につつまれ、物音ひとつしない。音そのものが凍《こお》りついてしまったかのようで、すべてが冷たく、息をひそめている。

「自分の声がこだましたんだな」ゲイブリエル・グラブはまた小瓶を口元に持っていった。

「いや、ちがうね」低い声がいった。

ゲイブリエルはぎょっとして、驚《おどろ》きと恐怖《きょうふ》で身を固くした。目の前の影《かげ》をみて、全身の血が凍《こお》りついた。

すぐそばの大きな墓石《はかいし》に腰《こし》かけている、みたこともない不気味な姿《すがた》は、とてもこの世のものとは思えない。地面に届《とど》きそうな異様《いよう》に長い脚《あし》を上げて、奇妙《きみょう》な形に組んでいる。筋肉《きんにく》のついた腕《うで》はむきだして、両手を膝《ひざ》に置いている。ずんぐりした丸い体をおおっているのは、小さな切りこみがたくさん入った目の細かい上着で、小さなコートを肩《かた》にかけている。襟《えり》は奇妙な形の切りこみがいくつも入っていて、飾《かざ》り襟にもみえるし、スカーフにもみえる。靴《くつ》の先は上向きにとがっている。頭にはつばの広いとんがり帽子《ぼうし》。羽根が一本ついている。帽子は白い霜《しも》におおわれている。ゴブリンだ。それも、この墓《はか》の上にのんびり二、三百年座《すわ》っていたかのようにみえる。ぴくりとも動かず、舌《した》を突《つ》きだしているところは、ばかにしているようだ。

そしてゴブリン特有のいやらしい笑みをうかべている。

「いや、ちがうね」ゴブリンがいった。

ゲイブリエル・グラブは体が動かず、返事ができなかった。

「クリスマスイブに、こんなところで、なにをしてる」ゴブリンがきつい声できいた。

「墓穴《はかあな》を掘《ほ》りにきました」ゲイブリエル・グラブがぼそぼそと答えた。

「こんな晩《ばん》に墓地《ぼち》にきて、墓の間をうろつき回るなんて、どこのどいつだ」ゴブリンが大声でいった。

「ゲイブリエル・グラブ！　ゲイブリエル・グラブ！」あちこちからすさまじい声が上がって、墓地が震《ふる》えた。ゲイブリエルは恐《おそ》る恐るあたりを見回したが、何もみえない。

「その小瓶《こびん》に入っているのはなんだ」ゴブリンがきいた。

「オランダのジンです」ゲイブリエルがそれまで以上に震えながら答えた。というのも、それは密売人《みつばいにん》から買ったもので、もしかしたらこのゴブリンは、ゴブリン関《かん》税局《ぜいきょく》の局員かもしれないと思ったからだ。

「ひとりで、墓場《はかば》で、こんな晩《ばん》にジンを飲んでいるのはだれだ」ゴブリンがいった。

「ゲイブリエル・グラブ！　ゲイブリエル・グラブ！」また、すさまじい声が上がった。

目の前のゴブリンはいやらしい目で、震《ふる》えあがっているゲイブリエルをみると大声でいった。「じゃあ、おれたちが遠慮《えんりょ》なくさらっていける獲物《えもの》はだれかな」

それに答えた、みえないゴブリンたちの声はまるで、堂々《どうどう》と響《ひび》く教会のオルガンに合わせて歌う大合唱団《だいがっしょうだん》のようだった。それがすさまじい風に乗ってゲイブリエルの耳を打って消えていったが、そのときもやはり「ゲイブリエル・グラブ！　ゲイブリエル・グラブ！」と歌いつづけていた。

ゴブリンはそれまで以上にいやらしい笑みをうかべていった。「さあ、ゲイブリエル、獲物はだれかな」

ゲイブリエルは息をのんだ。

「どう思う、ゲイブリエル？」ゴブリンが墓石《はかいし》の両側で足を上に跳《は》ねあげて、ほれぼれとつま先をながめた。まるで、高級百貨店で買った、おしゃれな靴《くつ》をみているような目だ。

「それは——それは——おもしろい質問《しつもん》ですが」ゲイブリエルが、恐怖《きょうふ》で半分死んだようになって答えた。「とてもおもしろい質問で、じつに楽しい質問ですが、できればさっさと仕事を片付《かたづ》けてしまいたいと思います」

「仕事?」ゴブリンがいった。「なんの?」

「墓《はか》です。墓穴《はかあな》を掘《ほ》るんです」ゲイブリエルはつっかえながら答えた。

「墓穴だって?　ほかの連中がみんな陽気に楽しくやってるときに、墓穴掘るなんて、いったいだれだ?」

またあの不気味な合唱が答えた。「ゲイブリエル・グラブ!　ゲイブリエル・グラブ!」

「おれの仲間はおまえがほしいらしい」ゴブリンがいった。

「お願いです」ゲイブリエルは恐《おそ》ろしくてたまらなかった。「どうか、かんべんしてください。みなさんは、わたしのことをごぞんじないでしょう。わたしをみたこともないと思います」

「いや、知っている。不機嫌《ふきげん》な顔をして、気持ちの悪い笑い方をするやつだ。今晩《こんばん》もこの通りをやってきて、子どもたちを怖《こわ》い顔してにらみつけて、墓《はか》を掘《ほ》るシャベルを握《にぎ》りしめてたやつだ。男の子をなぐってたじゃないか。その子が楽しそうで、自分が楽しくないからな。知っているとも、ようく知ってる」

ゴブリンは甲高《かんだか》い声で思い切り笑った。二十倍のこだまが返ってきた。ゴブリンは足を高く上にあげると頭で逆立《さかだ》ちをした——というか、とんがり帽子《ぼうし》の先で逆立ちをした。それも細くなっている墓石《はかいし》の上で。それから見事な宙返《ちゅうがえ》りをみせ、ゲイブリエルの前に降《お》りてくると、あぐらをかいて座《すわ》った。仕立屋が床《ゆか》に座って縫《ぬ》い物をするときの格好《かっこう》だ。

「あ、あの、そろそろ、失礼しようかと」ゲイブリエルは必死に歩こうとしながらいった。

「失礼する？　ゲイブリエル・グラブが失礼するのか？　はっはっはっ！」

ゴブリンが声を上げて笑った。ゲイブリエルがみていると、一瞬《いっしゅん》のうちに教会のいくつもの窓《まど》が光った。まるで教会全体が照明を浴びたかのようだ。そして光が消えたかと思うと、オルガンの音が鳴り響《ひび》き、目の前のゴブリンと同じようなゴブリンが墓地《ぼち》になだれこんできて、墓を使って跳《と》び箱を始めた。息つく暇《ひま》もなく、争うように、次々《つぎつぎ》に高い墓を飛び越《こ》えていく。ほれぼれするほど見事だ。しかし、なんといってもすごいのはゲイブリエルの前にいたゴブリンで、ほかの仲間は足下にもおよばない。ほかのゴブリンが普通《ふつう》サイズの墓石を跳ぶので満足しているのに、そのゴブリンは小屋くらいの大きさの墓も、高い鉄柵《てっさく》も軽々《かるがる》と跳んでいく。まるで通りの郵便《ゆうびん》ポストでも跳んでいるかのようだ。

跳び箱ごっこはいよいよ盛《も》りあがって、オルガンもテンポを上げ、ゴブリンたちも速度を上げて、体を曲げて、地面でとんぼを切っては、墓石の上をサッカーボールのように跳《は》ねていく。目の回りそうな光景に、ゲイブリエルは頭がぼーっとしてきて、目の前をゴブリンたちがすごい速さでいったりきたりするたびに、倒《たお》れそうになった。突然《とつぜん》、ゴブリンの王が猛然《もうぜん》と走ってきて、ゲイブリエルの襟《えり》をつかんだかと思うと、地下に落ちていった。

ゲイブリエル・グラブは、ほっと息をついた。落ちていく速度がゆるんでぴたっと止まったのだ。ふとみると、そこは大きな洞窟《どうくつ》のなかで、まわり中に醜《みにく》いゴブリンがいて、にたにた笑っている。洞窟のまん中の盛《も》りあがったところに椅子《いす》が置いてあって、墓地《ぼち》で最初にみかけたゴブリンが座《すわ》っている。そしてゲイブリエルはそのすぐ横に立っているのだった。もう動く気力もない。

「今夜は寒いな」ゴブリンの王が声をかけた。「ひどく冷える。おい、なにか温かいものを持ってこい」

そういわれた、いつも愛想のいい笑みをうかべている五、六人の取り巻《ま》きのゴブリンが――世話係だろうと、ゲイブリエルは思った――すぐにいなくなって、すぐにもどってきた。そして燃《も》える酒の入ったゴブレットを王に差しだした。

「ああ!」ゴブリンが大声をあげた。頬《ほほ》も喉《のど》も透明《とうめい》になって、燃える酒がそこを流れていくのがみえる。「体があたたまる！　このグラブってやつにも一杯《いっぱい》持ってきてやれ」

かわいそうに、ゲイブリエルは、夜は温かいものは飲まないことにしているんですといったが、むだだった。部下のゴブリンにつかまえられ、もうひとりのゴブリンに燃えている酒をむりやり飲まされた。まわりのゴブリンがどっと笑い声をあげる。ゲイブリエルはむせたり、咳《せ》きこんだりしながら、目から噴《ふ》き出る涙《なみだ》をぬぐっている。なにしろ、燃えている酒をひと息で飲まされたのだ。

「さて」王はそういうと、とんがり帽《ぼう》子《し》のとがった先でゲイブリエルの目を突《つ》いた。ゲイブリエルは激痛《げきつう》に悲鳴を上げた。「さて、この男に、ここの大きな倉庫に保存《ほぞん》してある町の情景《じょうけい》をいくつかみせてやろう！」

ゴブリンがそういうと、洞窟の奥《おく》の方をおおっていた厚《あつ》い雲が薄《うす》くなって消え、そのはるかむこうにくっきりと、家具もあまりないが、こざっぱりして気持ちのよささうな小さなアパートの一室がみえてきた。幼《おさな》い子どもたちが暖炉《だんろ》の前に集まって、母親の服を引っぱったり、母親の座《すわ》っている椅子《いす》のまわりを飛《と》び回ったりしている。母親はときどき立ち上がって、窓《まど》のカーテンを開ける。何かを待っているらしい。質素《しっそ》な食事が用意されている。ドアにノックの音が響《ひび》く。母親がドアを開け、子どもたちがそのまわりに集まって、うれしそうに手をたたく。父親がもどってきたのだ。疲《つか》れて、ぐっしょりぬれている。父親が服から雪を払《はら》い落とすと、子どもたちが飛びついて、コートや、帽子《ぼうし》や、ステッキや、手袋《てぶくろ》を奪《うば》い取るようにして、部屋から駆《か》けだす。父親が、暖炉《だんろ》のそばに用意された食事の前に座ると、子どもたちが膝《ひざ》にのり、母親がそばに座る。みんな満ち足りて、幸せそうだ。

ところが知らず知らずのうちに情景《じょうけい》が変わっていった。次に現《あらわ》れたのは小さな寝室《しんしつ》で、とてもかわいい、一番下の男の子が死にかけていた。頬《ほお》からは赤みが消え、目からは輝《かがや》きが消えかけている。ゲイブリエルはそれまで一度もなかったほど真剣《しんけん》にみつめているうちに、その子は死んでしまった。小さなベッドのまわりに、きょうだいが集まって、弟の小さな手を握《にぎ》ったが、その手は冷たく重かったので、思わず後ずさって、こわごわ弟の幼《おさな》い顔をみつめた。その顔は安らかでおだやかで、すこやかにぐっすり眠《ねむ》っているようだったが、死んでいることはだれもが知っていた。そして天使になって上からこちらをながめていることも知っていた。光り輝く幸せな天国から、みんなを祝福してくれているのだ。

また、その前に薄《うす》い雲がかかり、情景が変わった。年老いて、もう先のない父親と母親がみえる。そばにいる子どもの数も半分くらいに減《へ》っているが、暖炉のそばに集まっている顔はどれも満ち足りて明るく、どの目も輝いている。そして過《す》ぎ去った昔のことを語り合っている。やがてゆっくり、安らかに父親が墓地《ぼち》に姿《すがた》を消し、そのあとを追ってすぐに、長年苦労や心配をわかちあってきた母親が休息の場所にいった。あとに残った数人の子どもはふたりの墓《はか》の前にひざまずいて、墓をおおう緑の芝生《しばふ》に涙《なみだ》を落とすと立ち上がって、帰っていった。激《はげ》しく泣きじゃくることもなく、悲しみのあまり絶望《ぜつぼう》することもなかった。やがてまた会えることがわかっていたからだ。子どもたちはふたたびせわしい社会にもどっていくと、また元気に陽気になった。その情景《じょうけい》に雲がおりて、すべてを隠《かく》してしまった。

「さあ、どうだった？」ゴブリンが大きな顔をゲイブリエルのほうに向けてきいた。

ゲイブリエルはぼそぼそと、とてもきれいでしたというふうなことをいって、なんとなく恥《は》ずかしそうだった。ゴブリンは燃《も》えるような目で相手をにらんでいる。

「まったく、あわれなやつだ！」ゴブリンの口調には、怒《いか》りまじりの軽蔑《けいべつ》がこめられている。「おい！」ゴブリンは何かいいかけたが、腹立《はらだ》たしさのあまり言葉が喉《のど》につかえてしまったので、よく曲がる脚《あし》を片方《かたほう》上げて、頭の上で振《ふ》ると、ねらいを定めて、ゲイブリエル・グラブを思い切り蹴飛《けと》ばした。とたんに、ほかのゴブリンもこぞってやってきて、容赦《ようしゃ》なくゲイブリエル・グラブを蹴《け》った。これは世のしきたりに従《したが》ったまでのことだ。王が蹴飛ばせば、家来も蹴飛ばす、王が抱《だ》きしめれば、家来も抱きしめる。

「もっとみせてやる！」王がいった。

すると雲が消えて、豊《ゆた》かで美しい風景が広がった。いまでも、この古い修道院町《しゅうどういんまち》から一キロほどいったところでみられる風景だ。澄《す》みきった青い空に太陽が輝《かがや》き、その光を受けて水面はきらめき、その陽気のもとで、森はますます緑に、花はますます色濃《いろこ》くみえた。湖はさざ波を立てて、楽しそうにささやき、木々《きぎ》はそよ風に葉をゆすられてざわめき、小鳥は木の枝《えだ》でさえずっている。ヒバリが一羽、空の高みで朝にあいさつをしている。朝だ。まぶしく、心なぐさむ夏の朝だ。どんなに小さい木の葉も、草の葉も、生気に満ちている。アリはせっせと仕事にはげみ、チョウは日差しを浴びて羽ばたいている。無数の虫が透明《とうめい》な羽根を広げて、短いけれども幸せな生活を楽しんでいる。人々《ひとびと》はこの景色に胸躍《むねおど》らせて歩み出る。すべてが明るく、晴れ晴れとしていた。

「あわれなやつだ!」ゴブリンの王が、さっき以上の軽蔑をこめていった。そして片足《かたあし》を振り上げると、ゲイブリエルの背中《せなか》に振り下ろした。するとまたほかのゴブリンたちが真似《まね》をした。

何度も雲が立ちこめては消えて、そのたびにゲイブリエル・グラブは教訓を学んでいった。ゴブリンたちに蹴《け》られ続けた背中《せなか》が痛《いた》くてしょうがなかったが、目の前に現《あらわ》れる情景《じょうけい》から目が離《はな》せなかった。そしてひとつひとつ学んでいった。どんなに働いても、日々《ひび》の労働からはわずかなパンしか買えないのに、陽気で幸せな人々《ひとびと》がいること。どんなに無知な人にも、自然の笑顔は必ず元気と喜びを与《あた》えてくれること。細かく面倒《めんどう》をみてもらい、やさしく育てられた人は貧《まず》しくても陽気で、多くの人々がくじけるような苦境《くきょう》にも耐《た》えることができる、それは心のなかに、幸福と満足と安らかさを秘《ひ》めているからだ、ということ。女性《じょせい》は、神さまがおつくりになったもののなかで最も弱く、はかないけれども、悲しみや逆境《ぎゃっきょう》や失望には、しばしば男よりも強い、それは心のなかに、愛情《あいじょう》と献身《けんしん》という涸《か》れることない泉《いずみ》を持っているからということ。なにより、自分のような人間、つまり他人が楽しそうにうれしそうにしているのをやっかむ人間は、この美しい大地をけがす、いまわしい雑草《ざっそう》だということ。そしてゲイブリエル・グラブはひとつの結論《けつろん》に達した。この世界は、善《ぜん》なるものと悪なるものをすべてくらべ合わせると、決して悪いところではない、なかなかいいところだという結論だ。そう思ったとたん、最後の情景を雲が隠《かく》し、ゲイブリエルの頭のなかにしのびこんで、眠《ねむ》りに導《みちび》いたようだった。ゴブリンがひとり、またひとりと目の前から消えていき、最後のひとりが消えると、ゲイブリエルは眠りに落ちた。

日が昇《のぼ》った頃《ころ》ようやくゲイブリエル・グラブは目を覚ました。気がつくと、教会の平らな墓石《はかいし》の上に寝転《ねころ》がっていて、横には空になった酒の小瓶《こびん》がある。コートもシャベルもランタンも、みんな昨夜の霜《しも》でまっ白になって、あたりに散らばっている。最初にゴブリンが座《すわ》っていた墓石もまっすぐに立っている。昨晩《さくばん》、途中《とちゅう》まで掘《ほ》った墓穴《はかあな》もそう遠くないところにみえる。ゲイブリエルは昨日の事件《じけん》は夢《ゆめ》ではなかったのかと思い始めたが、起き上がったとき、背中が異様《いよう》に痛んだので、ゴブリンに蹴られたのは決して夢ではなかったと知った。ゴブリンたちが墓石で跳《と》び箱をしていたのに雪の上に足跡《あしあと》がひとつもないのをみたとき、また、夢だったのかと思いかけたが、すぐに、ああいう連中は目にみえる跡《あと》を残さないということを思い出して、落ち着いた。そこで、背中《せなか》の痛《いた》みをこらえて立ち上がり、コートの霜《しも》を払《はら》って着ると、町の方に向かった。

しかし、ゲイブリエルは昨日までのゲイブリエルではなかった。このまま町にもどって、改心したといったところで、ばかにして笑われるだけだし、生まれ変わったといったところで、だれも信じてくれないだろうと思うと耐《た》えられなかった。しばらく迷《まよ》っていたが、やがて町に背《せ》を向け、足にまかせて、ほかで仕事をさがそうと歩きだした。

その日、墓地《ぼち》で、ランタンとシャベルと小瓶《こびん》がみつかった。最初、ゲイブリエルがどうなったのか、いろんな推測《すいそく》が飛びかったが、すぐに、ゴブリンたちに連れ去られたのだろうということになった。信用のある人間が、それも数名、こげ茶色の馬に乗せられて空中を連れていかれるところをこの目でみたと証言《しょうげん》した。その馬は片目《かため》で、体の後ろ半分はライオンで、尻尾《しっぽ》はクマだったらしい。やがて、それにちがいないということになった。そのうち、新しくやとわれた墓掘《はかほ》りが小銭《こぜに》かせぎに、珍《めずら》しいもの好きな連中に、教会の風見鶏《かざみどり》の一部をみせるようになった。その馬が空を飛んでいく途中《とちゅう》、たまたま蹴落《けお》としたものだという。ゲイブリエルがいなくなって一、二年後のことだ。

残念なことに、こういった話はどれもうさんくさいということになった。というのは、ゲイブリエル・グラブがひょっこりもどってきたのだ。十年くらいはたっていただろうか。ぼろぼろの身なりで、満足そうな顔をした、リューマチ病《や》みの老人になっていた。そして牧師《ぼくし》や市長に事の次第を話し、やがて、真実と認《みと》められるようになり、それが今日まで語り継《つ》がれてきたというわけだ。風見鶏の話を信じた連中は――この手の過《あやま》ちをおかした連中はたいがいそうなのだが――なかなかまちがいを認めようとせず、なるべく賢《かしこ》くみせようと、肩《かた》をすくめたり、額《ひたい》に指をあてたりしながら、ゲイブリエル・グラブは小瓶のジンを全部飲んで、平たい墓の上で寝《ね》こんだのだといい、ゲイブリエルはゴブリンの洞窟《どうくつ》でいろんな情景《じょうけい》をみさせられたといっているが、あれは世間をみて賢くなって、あんな作り話をしたんだといった。しかし、この手の意見はいつの時代でも少数派《は》で、次第に消えてなくなった。まあ、そういったことはさておき、ゲイブリエル・グラブは死ぬまでリューマチで苦しむことになった。この事実から、ひとつの教訓を引きだすことができる。それは、クリスマスのときに、ひとりきりで不機嫌《ふきげん》に酒を飲むのは絶対《ぜったい》によくないという教訓だ。どんなにいい酒であっても、ゲイブリエル・グラブがゴブリンの洞窟《どうくつ》で飲まされた酒のように、とても度数の高い酒であっても、それは同じだ。

ヒイラギ荘《そう》の小さな恋《こい》

Boots at the Holly-Tree Inn

いままで、どんなところにいったか、ですって？　いろんなところにいきましたよ！　何をしたか、ですって？　いろんなことをしました。普通《ふつう》の人が思いつくようなことはすべてね！

いろんなものをみてきただろうって？　もちろんですとも。あたりまえです。わたしがみてきた二十分の一でも知ってもらえれば、うれしいと思います。ただ、みてきたものを話すより、みなかったものを話すほうがずっと簡単《かんたん》なんですが。

何がいちばんおもしろかったかって？　さあて！　どうでしょう。いちばんおもしろかったものといわれても、ちょっと思いうかばないんですが、たとえば、ユニコーンとか？　市場で一度みかけました。あと、八歳《さい》の男の子が、七歳のかわいい女の子と駆《か》け落ちをしたのもみましたよ。これなんかはとても変わっていて、いいと思いませんか。ですよね。ふたりのいきさつは最初からみてますし、それに、あのふたりが履《は》いて走った靴《くつ》をみがいたのもこの自分ですからね。ふたりの靴はとても小さくて、この手が入らなかったくらいでした。

ハリー・ウォルマーズ坊《ぼっ》ちゃんのお父様は、エルムジズに住んでいました。ロンドンから十キロほど離《はな》れたシューターズ・ヒルの近くの町です。完璧《かんぺき》な紳士《しんし》で、ハンサムで、歩くときはいつも頭を上げて、なんというか、一種の雰囲気《ふんいき》を感じさせました。詩も、乗馬も、走るのも、クリケットも、ダンスも、芝居《しばい》も、どれも上手にこなす方だったのです。坊ちゃんを自慢《じまん》にしていましたが、甘《あま》やかすことはありませんでした。じつにしっかりした意見を持ち、自分なりの見識《けんしき》を持った方でした。それは覚えておいてください。ですから、この賢《かしこ》い息子のいい話し相手になって、息子が妖精《ようせい》の物語に夢中《むちゅう》になるのをほほえましくながめ、「ぼくの名前はナーヴァル」というのをきいたり、「若《わか》い五月の月は輝《かがや》く愛」とか「わたしの愛したあなたは名前だけを残して去っていった」などと歌うのを、いつまでもきいていたものです。ですが、一方で、しつけはきびしく、子どもは子どもとしてあつかっていました。理想的な親子といっていいと思います。

なぜ、こんなことを知っているかですって？　そりゃ、そこで庭師《にわし》の下働きをしていたからです。ですから、夏なんかはいつも、いくつもある窓《まど》のそばで、芝《しば》を刈《か》ったり、掃除《そうじ》をしたり、草を抜《ぬ》いたり、植木を剪定《せんてい》したり、あれこれやってましたから、一家の細々《こまごま》したことに詳《くわ》しくなるのはあたりまえです。ある朝、ハリー坊《ぼっ》ちゃんがやってきて、「ノーラって名前のつづり、知ってる？」とたずねて、柵《さく》のあちこちにきれいな字でナイフで彫《ほ》ったこともありました。

それまでは、あのふたりのことはあまり気にはしてなかったんです。ですが、あそこでいっしょに遊んでいるのをみるのは楽しいものでした。おたがい相手が好きでたまらなかったんでしょう。それに坊ちゃんの勇気には驚《おどろ》いたものです！　もしふたりでいるとき、ライオンが現《あらわ》れて、あのお嬢《じょう》ちゃんがおびえたら、小さな帽子《ぼうし》を脱《ぬ》ぎすて、小さな袖《そで》をまくって、ライオンに飛びかかっていったんじゃないかと思うくらいです。ある日、砂利道《じゃりみち》の草抜きをしていると、坊ちゃんがお嬢ちゃんといっしょにきて、話しかけてきました。

「コッブズ、ぼくはコッブズが好きだよ」

「そうなんですか。うれしいです」

「どうしてか知ってる？」

「さあ、どうしてでしょう」

「ノーラがコッブズのことを好きだからなんだ」

「おや、そうなんですか。とびきり、うれしいです」

「うん、とびきり、うれしいよね。ノーラに好かれるって、きらきらしたダイヤモンドを山ほどもらうよりうれしいよね」

「もちろんです」

「コッブズは、ほかのところで働くの？」

「そうですね。いいところがあれば、ほかのところで働いてもいいと思います」

「じゃあ、ぼくたちが結婚《けっこん》したら、うちにきてよ。庭師頭《にわしがしら》にしてあげる」

坊《ぼっ》ちゃんはそういうと、小さい空色のコートを着たお嬢《じょう》ちゃんの肩《かた》を抱《だ》いて歩いていきました。

ふたりをみるのは、いい絵をみるより楽しくて、いい芝居《しばい》をみているようでした。ふたりともきれいな長い巻《ま》き毛で、目を輝《かがや》かせて、かわいらしい軽い足取りで庭を散歩するんです。おたがい好きでたまらないのがよくわかりました。小鳥たちは、ふたりのことを仲間だと思って、いっしょについていって、ふたりを喜ばせようと歌っていました。ふたりは時々《ときどき》チューリップノキの下に座《すわ》って、おたがいの肩を抱いて、やわらかい頬《ほほ》と頬をくっつけて、本を読んでました。王子様とドラゴンの本や、いい魔法使《まほうつか》いと悪い魔法使いの本や、王様の美しい娘《むすめ》の本です。時々、ふたりで家の話をしてました。森のなかの家で、ミツバチと牛を飼《か》って、ハチミツとミルクだけ食べて生きていくんだ、とか。一度、ハリー坊ちゃんが、こんなことをいっているのをきいたことがあります。

「ノーラ、キスして。頭がおかしくなるほど、ぼくを好きだといって。いやだっていったら、ぼくは川に飛びこむからね」

もし、お嬢ちゃんがそうしなかったら、きっと坊ちゃんは川に飛びこんだと思いますね。まったく、ふたりをみていると、わたしまでだれかを愛しているような気になったものです。まあ、だれかがいたわけじゃありませんが。

「コッブズ」夕方、花に水をやっていると、ハリー坊ちゃんが声をかけてきました。

「今度の夏、ヨーク*のおばあちゃんとこにいくんだ」

「おや、そうなんですか。じゃあ、楽しんできてください。わたしも、このお屋敷《やしき》の仕事をやめたら、ヨークシャーにいこうと思っているんです」

「コッブズも、自分のおばあちゃんとこにいくことある?」

「いいえ。もう、おばあちゃんなんていませんから」

「おばあちゃんみたいな人もいないの?」

「ええ、いません」

＊ノースヨークシャー州の南の街

坊《ぼっ》ちゃんはしばらく、花の水やりをみていましたが、そのうち、こういいました。

「ぼく、すごくうれしいんだ。だって、ノーラもくるんだもん」

「そりゃあそうでしょう。あんなかわいい子といっしょにいけるんですから」

「コッブズ」坊ちゃんは顔を赤くしていいました。「ぼくたちのことを、からかわないでほしいんだ」

「からかってなんか、いませんよ」まじめな顔で答えました。「本当にそう思っていっているんです」

「ありがとう！　ぼくはコッブズが好きだ。だから、ぼくたちといっしょに暮《く》らそうよ。ね、コッブズ！」

「はい」

「ヨークにいったら、おばあちゃん、なにをくれると思う？」

「さあ、なんでしょう」

「五ポンド！　お札《さつ》で」

「そりゃ、すごい！　大金持ちですね、坊ちゃん」

「五ポンドもあったら、なんだってできるよね」

「なんだって、できます！」

「コッブズ、秘密《ひみつ》をひとつ教えてあげる。ノーラのうちでは、みんなが、ぼくのことでノーラをからかってるんだって。ぼくたちが婚約《こんやく》してるのを笑ったり——からかったりしてるんだって！」

「けしからんことですね」

坊ちゃんは、顔も姿《すがた》も、お父様そっくりでした。夕陽に照らされて、顔を赤くして、しばらく立っていましたが、そのうち、「おやすみ、コッブズ」といって、なかにもどりました。

その頃《ころ》、すでにそのお屋敷《やしき》での仕事を辞めようと決めていたんですが、なぜかときかれると、自分でもよくわからないのです。いまでもそこで働いていたっておかしくないくらいです。しかし、まだ若《わか》かったから、いろいろやってみたかったんでしょう。そう、いろんな経験《けいけん》をしてみたかったんです。そこで、ご主人に、お暇《いとま》をくださいとお願いしたところ、こういわれました。

「コッブズ、何か不満があるのなら、いってほしい。もしうちで働いている者が不満に思っていることがあるなら、直さなくてはならないからな」

「なんの不満もありません。ありがとうございます。どこにいこうと、ここほど居《い》心地《ごこち》のいい働き場所はないと思います。ただ、ほかの仕事で大きくもうけられないかと」

「なるほど、それもいいだろう！　うまくいくよう祈《いの》っているぞ、コッブズ」

そういってあのお屋敷《やしき》を出たものの、いまもまだ、この宿屋でお客さんの靴《くつ》をあずかったり、雑用《ざつよう》をしているわけで、なかなか思ったようにはいきません。

というわけで、そこでの仕事をやめたわけですが、そのあとハリー坊《ぼっ》ちゃんがヨークのおばあさまのところに遊びにいくことになります。そのおばあさまがまた、坊ちゃんがかわいくてしょうがない。坊ちゃんにほしいといわれれば、自分の歯を抜《ぬ》いて渡《わた》してやりそうなくらい（といっても、もう歯なんてありませんでしたが）なんです。そしてその坊ちゃんが――坊ちゃんと呼《よ》んでもいいでしょう、まだあの年ですから――そこで何をしたかというと、なんと、おばあさまの家から抜けだして、ノーラお嬢《じょう》ちゃんといっしょにグレトナグリーンにいって、結婚《けっこん》しようとしたんです！

そのとき、わたしはこのヒイラギ荘《そう》という宿屋で働いていて（もっといい働き口がないかと、何度かここを出たこともあるのですが、いつもここにもどってきましてね）、ある夏の日の昼でした、馬車がやってきて宿屋の前に止まって、御者《ぎょしゃ》が宿屋の主人にこういったのです。

「ふたりのお客のことはよくわからないのだが、この幼《おさな》い紳士《しんし》に、ここまで連れてきてくれといわれて」

すると幼い紳士が馬車からおりてきて、幼い婦人《ふじん》に手を貸《か》して馬車からおろすと、御者にお金を渡しました。そしてこういったのです。

「今晩《こんばん》、ここに泊《と》めてください。居間《いま》をひと部屋、寝室《しんしつ》をふた部屋、お願いします。それから、ラムチョップとチェリーのプディングを二人前！」

坊《ぼっ》ちゃんはそういうと、空色のコートを着たお嬢《じょう》ちゃんの肩《かた》にうでを回して、堂々《どうどう》と宿屋のなかに入っていきました。

その場に居合《いあ》わせた人々《ひとびと》の驚《おどろ》きは、ご想像《そうぞう》におまかせしましょう。そんな目でみつめられながら、幼《おさな》いふたりは胸《むね》を張《は》って、天使の間に入っていきました。しかし宿屋の主人の驚きようは、そんなものではありませんでした。というのも、わたしが、ふたりに気づかれないように様子をうかがっていて、ふたりの目的を主人に教えたからです。

「コッブズ、もしそれが本当なら、わしはこれからすぐヨークにいく。ご家族に報《ほう》告《こく》して、安心してもらわなくてはならないからな。その間、おまえはふたりから目を離《はな》さず、わしがもどってくるまで相手をしてくれ。だが、わしがヨークにいくまえに、おまえが考えているとおりなのかどうか、たしかめてきてくれないか」

「かしこまりました。すぐにたしかめてきます」

といううわけで二階に上がり、天使の間にいってみると、ハリー坊ちゃんは大きなソファに座《すわ》っていました。ソファはもともと大きいのですが、小さな男の子が座っていると、まるで豪華《ごうか》で大きなベッドのようにみえました。坊ちゃんは、ノーラお嬢ちゃんの目の涙《なみだ》をハンカチでぬぐっているところです。ふたりの小さい足は、もちろん、まるっきり床《ゆか》に届《とど》いていません。なんと、ふたりが小さくみえたことでしょう。

「コッブズ、コッブズじゃない！」ハリー坊ちゃんは大声をあげると、部屋のこっちまで駆《か》けてきて、握手《あくしゅ》をして、いっしょに飛び上がって喜びました。

「馬車からおりるところをみて、すぐに、坊ちゃんだとわかりましたよ。あの背《せ》の高さで、あの姿《すがた》ですから、みまちがえるはずはありません。ところで、ここにいらっしゃったのは、ご結婚《けっこん》のためですか」

「うん、結婚するんだ。グレトナグリーンでね。駆け落ちをしたんだ。ノーラはずっとさびしがってたんだけど、すぐに元気になると思う。コッブズに会えたからね」

「坊《ぼっ》ちゃんにもお嬢《じょう》ちゃんにも、お礼をいいます。そう思ってもらえて、うれしいです。お荷物は？」

この胸《むね》に手を置いて誓《ちか》っていいますが、お嬢ちゃんはパラソルと、香水瓶《こうすいびん》と、トーストしてバターをぬった丸いパンを一枚《まい》と半分、ペパーミントドロップ八個《こ》、人形用のようなヘアブラシ、坊ちゃんは紐《ひも》を五メートルほどと、ナイフと、驚《おどろ》くほど小さくたたんだ便せんを三、四枚と、オレンジひとつ、自分の名前の書いてあるマグカップを持ってきていました。

「結婚式《けっこんしき》のご予定をくわしく教えてもらえますか」

「出発は」坊ちゃんの勇気たるや、素晴《すば》らしいと思いました！「朝。そして、明日、結婚《けっこん》するんだ」

「なるほど。コッブズもついていって、よろしいでしょうか」

そういうと、ふたりはまた喜んで飛び跳《は》ねて、大声をあげました。

「うん、きて、きて！　コッブズ！　きて！」

「かしこまりました！　それで、ひとつご意見をいわせていただいてよろしいでしょうか。じつは、いいポニーが一頭いまして、馬車を借りてきて、そいつに引かせて（もしよろしければ、コッブズが手綱《たづな》を引いて）、グレトナグリーンまでいけば、かなり時間が節約できます。そのポニーが明日使えるかどうか、ちょっとわからないのですが、明後日まで待っても、そのほうが早いと思います。この宿屋の宿泊代《しゅくはくだい》はたいしたことないので、お手持ちのお金がなくてもご心配なく。自分はこの宿屋の共同経営者《けいえいしゃ》でもあるので、だいじょうぶです」

ふたりは手をたたいて、飛び上がって喜びました。そして「コッブズ、やさしい！」「コッブズ、大好き！」といって、こっちの頬《ほほ》にも、こっちの頬にもキスしてくれました。もう、うれしくてたまらないという感じでした。一方、こっちは、こんなふたりをだますなんて、世界一ひきょうで卑劣《ひれつ》な悪者になったような気分でした。

「さしあたって、何かほしいものがあれば」そうふたりにたずねながらも、恥《は》ずかしくてしょうがありません。

「夕食のあとに、ケーキを」ハリー坊《ぼっ》ちゃんが腕組《うでぐ》みをして、片足《かたあし》をつきだして、まっすぐこっちをみていいました。「それからリンゴを二個《こ》とジャムも。夕食はトーストと水がいいな。だけど、ノーラはいつも赤スグリのワインをグラスに半分飲むんだって。ぼくにもお願い」

「では、バーに注文しておきます」

そういって天使の間を出たのですが、あのときの気持ちは、いまこうしてお話ししていてもまざまざとよみがえってきます。宿屋の主人に告げ口したりするよりは、宿屋の主人と十回くらいけんかしたほうがましなくらいだと思いました。あのふたりの子どもが結婚《けっこん》して、幸せに暮《く》らせる夢《ゆめ》のような場所があればと心から願ったのです。ですが、そんな場所があるはずありません。しかたなく宿屋の主人に協力したというわけです。三十分後、主人はヨークにむけて出発しました。

宿屋で働いている女たちときたら、全員、結婚している女も独身《どくしん》の女も、ひとり残らず、この話をきくと坊ちゃんが大好きになって、大変な騒《さわ》ぎになりました。だれもが天使の間に飛びこんで、坊ちゃんにキスしようとするのを止めるのは、ひと苦労でした。ガラス越《ご》しに坊ちゃんをひと目みようと、塀《へい》や屋根に上ったり、みていてはらはらするくらいでした。部屋の鍵穴《かぎあな》の前には、七人が押《お》しよせました。坊ちゃんと、坊ちゃんの大胆《だいたん》な気持ちに心を打たれたようでした。

夜、駆《か》け落ちしてきたふたりがどんな様子か、部屋に入ってみました。坊ちゃんのほうは窓際《まどぎわ》の椅子《いす》に座《すわ》って、お嬢《じょう》ちゃんをかかえていました。お嬢ちゃんの方は顔を涙《なみだ》でぬらして、疲《つか》れきって、うつらうつらして、坊ちゃんの方に頭をあずけています。

「奥様《おくさま》はお疲れのようですね」

「うん。疲れてるんだよ、コッブズ。それに家から離《はな》れるのに慣《な》れていないから、またさびしがってる。コッブズ、ビフィンをもってきてもらえる」

「それは、なんですか、坊《ぼっ》ちゃん」

「焼きリンゴのことだよ。ビフィンを食べたら、ノーラも元気になると思うんだ。大好物だから」

そんなわけで、元気のもとをさがして、部屋にもどると、坊ちゃんはビフィンをお嬢《じょう》ちゃんに渡《わた》して、スプーンで食べさせて、ご自分も少し食べました。お嬢ちゃんのほうはぐったり疲《つか》れて、ずいぶん不機嫌《ふきげん》でした。

「そろそろ寝室《しんしつ》にろうそくを用意しましょうか」とたずねると、坊ちゃんに、そうしてほしいといわれたので、部屋の世話をする女が先に立って、広い階段《かいだん》を上がっていきました。そのあとをついていく空色のコートを着たお嬢ちゃんを、坊ちゃんが立派《りっぱ》にエスコートしていきました。寝室に着くと、坊ちゃんはお嬢ちゃんを抱《だ》きしめてから、自分の寝室に向かいました。わたしはそれをみとどけて、寝室に鍵《かぎ》をかけました。

自分はなんてひどいやつなんだと思わずにはいられませんでした。それは次の日の朝食のときに（前の晩《ばん》に、水で薄《うす》めた甘《あま》いミルクと、赤スグリのジャムをぬったトーストを頼《たの》まれていました）、ふたりからポニーのことをきかれたときのことです。わたしにできることはなく、いまでもはっきりいいますが、あのふたりの顔をみると、自分が嘘《うそ》でかたまった大人になってしまったような気がしてならなかったのです。ですが、ポニーのことでは、こんな嘘をつく以外ありませんでした。残念なことに、ポニーは毛を刈《か》っている最中で、このままでは外に出せないんです、あの格好《かっこう》ではかわいそうなので。ですが、今日中にはそれも終わるので、明日の朝八時には馬車が用意できます。そのときのふたりの様子ですが、お嬢ちゃんの方はかなり不機嫌そうでした。寝《ね》るときに髪《かみ》を巻《ま》いておくのを忘《わす》れていましたし、ブラシをかけるのも忘れていたので、髪の毛の先が目に入って、いらいらしていました。一方、坊ちゃんの方は疲れている様子などこれっぽっちもありません。朝食のカップを前にして座《すわ》り、赤スグリのジャムをぬったトーストをむしゃむしゃ食べるところは、お父様そっくりでした。

朝食が終わると、ふたりは部屋にもどりました。いっしょに兵隊さんの絵でも描《か》いているんだろうと思ってました。実際《じっさい》あとで、暖炉《だんろ》のなかに兵隊さんの絵がみつかりました。全員、馬に乗っていました。朝のうちに、ハリー坊《ぼっ》ちゃんが呼《よ》び鈴《りん》を鳴らして——いったい、どうやって鳴らしたのか、不思議だったのですが——明るい声でたずねました。

「コップズ、このへんに散歩にいいところがある?」

「ええ、ございますよ。愛の小道なんか、どうでしょう」

「コップズのばか! からかわないでよ」

「いいえ、からかってはいません。本当に、愛の小道という名前の小道があるんです。気持ちのいいところです。よかったら、ご案内しましょうか」

「ねえ、ノーラ」ハリー坊ちゃんが声をかけました。「おもしろいよね。いっしょに愛の小道を歩こうよ。さあ、帽子《ぼうし》をかぶって、いってみよう。コップズが案内してくれるって」

まったく、自分がいやしい獣《けもの》になったような気分でした。というのは、三人で散歩をしているとき、ふたりにこういわれたからなんです。コップズ、うちの庭師頭《にわしがしら》になってくれたら、一年のお給料は二千ギニーあげるからね、コップズは本当の友だちだもん。ああ、大地が裂《さ》けて、わたしを飲みこんでくれないかと思ったくらいです。自分が情《なさ》けなくてしょうがなかった。あんなかわいい目を輝《かがや》かせて、心から信じてくれていたんですから。まあ、それはさておき、ふたりを案内して愛の小道を歩いて、湖のそばにある牧草地にいきました。そこでハリー坊ちゃんがお嬢《じょう》ちゃんのために、スイレンの花を取ろうとして、おぼれかけたのですが、本人はいっこうに平気でした。ふたりはそのうち、疲《つか》れてきました。みるものすべてが目新しく、新鮮《しんせん》だったのでしょう。そしてくたくたになると、ヒナギクの咲《さ》いている湖の岸で、森に住んでいる子どももみたいに、眠《ねむ》ってしまいました。

いまでもわからないんです。いったいなんで、自分があんなことをしたのか。野原で寝《ね》ていたかわいいふたりときたら。起きているときでさえ、眠っているときの二倍くらい夢《ゆめ》をみていたのです。だれだって思い当たることがあるんじゃありませんか。赤ん坊《ぼう》のときからいまにいたるまで、どんなことをしてきたか、そしていまの自分はどうなのか、それを考えてみてください。人はよく、昨日はこうだった、明日はこうしようと考えますが、本当に大切なのは、今日、いま、この時なのではないでしょうか。

そのうちふたりが目ざめたのですが、ひとつはっきりわかったことがありました。それは、ハリー坊《ぼっ》ちゃんの彼女《かのじょ》がご機嫌《きげん》ななめだったことです。坊ちゃんが彼女の腰《こし》に手を回そうとすると、「もう、いじめないで」といったのです。

「ノーラ、ぼくのかわいい五月の月、ぼくがきみをいじめてる?」

「そうよ。もう、おうちに帰りたい」

ゆでたチキンと、バターをたっぷり入れたパン・プディングを食べると、お嬢《じょう》ちゃんの機嫌は少しよくなりました。ですが、率直《そっちょく》にいわせてもらいますと、お嬢ちゃんがプディングに入っていた赤スグリに夢中《むちゅう》で、愛の言葉をほとんどきいていいなかったのは残念でした。しかし、ハリー坊ちゃんは気落ちすることなく、しっかりしていて、それは立派《りっぱ》でした。夕方になると、お嬢ちゃんのほうは眠《ねむ》くなって、泣きだしました。そして、前の晩《ばん》と同じ寝室《しんしつ》にいってしまいました。坊ちゃんのほうも同じでした。

夜の十一時か十二時頃《ごろ》、宿屋の主人が四輪馬車でもどってきました。ハリー坊ちゃんのお父様とおばあさまがご一緒《いっしょ》でした。お父様はおもしろがっているようでもあり、心配でもある、そんな感じで、宿屋の奥《おく》さんにこういいました。

「今回は、いろいろとありがとうございました。子どもたちを親切にあずかってくださって、本当に助かりました。まさか、こんなことになっているとは、まったく知りませんでした。それで、息子に会わせていただけますか」

「コップズが息子さんの面倒《めんどう》をみていたんですよ。コップズ、四十号室へご案内して」宿屋の奥さんがいいました。

するとお父様はこちらをみて、「コップズじゃないか。会えて、うれしいぞ！

そうかそうか、ここにきていたんだったな！」

「はい、いつものコップズでございます」

とはいうものの、階段《かいだん》を上がっていくときは心臓《しんぞう》の鼓動《こどう》が激《はげ》しくて、破裂《はれつ》してしまいそうでした。

「ひとつお願いがございます」そういいながら、部屋の鍵《かぎ》を開けました。「どうか、坊《ぼっ》ちゃんをおしかりにならないでください。坊ちゃんはじつにしっかりした男の子で、決して親の期待を裏切《うらぎ》るようなお子様ではありません」

実際《じっさい》、もし、お父様が、ばかなことをいうな、とでも反論《はんろん》したら、思い切り一発なぐって、そのあとの責任《せきにん》を取るつもりでいたのです。

ですが、お父様はこうお答えになっただけでした。

「そうとも、おまえのいう通りだ。おまえは、いいやつだな、ありがとう！」

そういって、お父様はドアを開けて、なかに入りました。

わたしはそのあとをついて入り、ろうそくを手に持っていました。お父様がベッドの前にいって、ゆっくりかがみこんで、眠《ねむ》っている小さな顔にキスをなさいました。それから体を起こすと、しばらくその顔をながめていました。おふたりの顔は驚《おどろ》くほどよく似《に》ていました（そういえば、お父様もいまの奥様《おくさま》と駆《か》け落ちをなさったというわさでした）。それから、小さな肩《かた》をそっとゆすったのです。

「ハリー、ひさしぶりだな！　ハリー！」

ハリー坊ちゃんは、はっと目を覚まして、お父様をみました。それから、こちらをみました。その顔は、コッブズ、ごめん、ぼくのせいでまずいことになった？という顔だったのです。

「ハリー、怒《おこ》ってはいないから、安心しなさい。さあ、着がえて、いっしょにうちに帰ろう」

「うん、わかった」

ハリー坊ちゃんは手早く着がえはじめたのですが、その途中《とちゅう》で、胸《むね》がふくれはじめ、いまにも死にそうな人のように、大きくふくらんでいって、いきなりお父様の顔をみました。お父様も坊《ぼっ》ちゃんをみていましたが、落ち着いた顔です。

「父さん」坊ちゃんは幼《おさな》い気持ちに胸《むね》をいっぱいにしながらも、必死に泣くまいとしていました！「父さん、お願い。いくまえに、ノーラにキスさせて」

「いいよ」

お父様は息子の手を握《にぎ》りました。わたしはろうそくを持って、おふたりをもうひとつの寝室《しんしつ》に案内しました。そこではベッドのそばに、宿屋の奥《おく》さんが座《すわ》っていて、幼いお嬢《じょう》ちゃんがぐっすり寝《ね》ていました。お父様が坊ちゃんを枕《まくら》のところまで持ち上げてやると、坊ちゃんは小さな温かい顔を近づけて、まだ眠《ねむ》っているお嬢ちゃんの小さな顔をそっと引き寄《よ》せました。ドアの外からそれをみていた宿屋の女たちはため息をもらし、そのうちのひとりが声をあげました。

「ふたりを引きはなすなんて、だめです！」

この女はいつも、涙《なみだ》もろいところがあるのですが、それがいけないわけがありません。いけないどころか、こういう人がいてくれるとほっとします。

結局、こんなふうにおさまりました。坊ちゃんはお父様に手を握られて、四輪馬車で帰っていきました。お嬢ちゃんは宿屋の奥さんと、次の日に宿屋を出ました。そのお嬢ちゃんは、それからずいぶんして、インドの総督《そうとく》と結婚《けっこん》して、インドで亡《な》くなったそうです。この幼いふたりの駆《か》け落ち事件《じけん》で、わたしはこんなふうに考えるようになりました。

結婚にいたるカップルで、このふたりほど純粋《じゅんすい》に愛し合っているカップルは、まず、いないでしょう。一方、結婚しようとしているカップルで、まだ間に合ううちに止められて、結婚しなくてよかったという例はとても多いのではないでしょうか。

黒いヴェールの女

The Black Veil

もうすぐ一八〇〇年になろうという、ある冬の夜、開業したばかりの若い医師《わかいいし》が明るく燃《も》える暖炉《だんろ》のそばの椅子《いす》に座《すわ》っていた。風が雨粒《あまつぶ》を窓《まど》にたたきつけ、煙突《えんとつ》に吹《ふ》きこんで不機嫌《ふきげん》なうなりをあげている。雨の降《ふ》りしきる寒い夜だった。医師は一日中、泥《どろ》や水をかぶりながら外を歩いてきて、ようやくガウンとスリッパ姿《すがた》でくつろぎ、うとうとしかけていた。頭のなかに次々《つぎつぎ》といろんなことがうかんでくる。まず、外では風が強く吹いている、もし家にいなかったら、冷たく無情《むじょう》な雨に顔を打たれているだろう。それから、クリスマスには例年通り、生まれ故郷《こきょう》を訪《おとず》れて、親しい友だちと語り合おう。みんな、ぼくに会えば喜ぶだろう。それにローズを喜ばせたい。やっと患者《かんじゃ》がひとりきたんだ、これからもっと増《ふ》えるだろう、二、三ヶ月後には故郷に帰って、結婚《けっこん》しよう、それからここにきて、さびしい暖炉の前を陽気にしてほしい、そうなれば、ぼくも元気に仕事ができるだろう。そう思ってから、ふと、まだ患者がひとりもきていないことに気がついた。いつくるんだろう、いや、それとも神さまの機嫌が悪いかなにかで、ひとりもこないのだろうか。それからまたローズのことを考えるうちに眠《ねむ》りに落ちて、ローズの夢《ゆめ》をみた。ローズの陽気でかわいい声が耳に響《ひび》き、ローズのやわらかくて小さい手が肩《かた》に置かれるのを感じる。

いや、本当に、肩の上に手が置かれていた。しかし、それはやわらかくもなく、小さくもなかった。頭の丸い太った少年の手だった。その地区で紹介《しょうかい》してもらった使い走りの少年で、一週間一シリングと食事で、薬を取りにいったり、手紙を配達してくれることになっていた。しかし、このところはまだ薬の必要もないし、手紙を届《とど》けてもらうこともなかったので、用のない時間——一日に十四時間くらい——を、ドロップをなめたり、動物性《どうぶつせい》の栄養を摂取《せっしゅ》したり、居眠《いねむ》りをしたりしてすごしていた。

「先生、女の人です——女の人ですよ！」少年が小声で伝えながら、医師をゆさぶった。

「女の人？」医師《いし》は声をあげて、体を起こしたが、夢《ゆめ》からさめきっていなくて、ローズだといいのにと思っていた。「どんな？　どこに？」

「あそこですよ、先生！」少年は診察室《しんさつしつ》の窓《まど》ガラスのついたドアを指さした。顔には警戒《けいかい》するような表情《ひょうじょう》がうかんでいる。思いがけない訪問者《ほうもんしゃ》があれば、だれでもそうなる。

医師はドアのほうをみて一瞬《いっしゅん》、おや、と思った。こんなときに、お客さんがくるなんて。

非常《ひじょう》に背《せ》の高い女性《じょせい》で、喪服《もふく》を着て、顔がガラスにくっつきそうなくらい、ドアのそばに立っている。上半身を黒のショールで包んでいるところは、絶対《ぜったい》にだれにもみられたくないといわんばかりだ。顔は黒の厚《あつ》いヴェールでおおっている。背筋《せすじ》をのばして立っているせいで、よけいに背が高くみえる。ヴェールの下の目がこちらをうかがっているのがわかる。女は立ったままだったが、医師が自分のほうをみているのが、なんとなくわかっている様子だった。

「何か、ご用ですか」医師は、少しためらいながら、ドアを開けてたずねた。手前に引くドアだったので、相手は同じところに、同じ格好《かっこう》で立ったままだ。

女は、はい、というかわりに、軽く頭を下げた。

「どうぞ、お入りください」

女は一歩、なかに入ったのだが、少年をみて——少年はぎょっとした——立ち止まった。

「トム、席を外してくれ」医師にそういわれた少年は、大きな丸い目をさらに大きくして、医師と女のやりとりをみていた。「カーテンを引いて、ドアを閉《し》めてくれ」

少年は、ドアのガラスの部分に緑のカーテンを引いて、診察室に引っこむと、ドアを閉め、すぐ、鍵穴《かぎあな》に大きな目をくっつけた。

医師は暖炉《だんろ》の前に椅子《いす》を引くと、うなずいて、女に勧《すす》めた。不思議な客はゆっくり椅子のほうに歩いていった。暖炉の火の明かりに照らされた黒のワンピースの下のほうが、泥《どろ》と雨水でぬれている。

「ずぶぬれですね」

「ええ」女が奇妙《きみょう》な、低い声で答えた。

「おかげんが悪いのですか」医師《いし》は、相手の苦しそうな声をきいて、やさしくたずねた。

「はい。とても。体ではなく、心が。ここにうかがったのは、自分のことでもなければ、自分のためでもありません。もし自分の具合が悪くて、しんどいのなら、こんな時間、こんな夜に、ひとりで外出などしません。もし自分が本当に病気で二十四時間後に死ぬのであれば、喜んでベッドに横になっています。ここにお願いにあがったのは、ほかの人のことなのです。ほかの男のことをお願いにくるなんて、頭がおかしいのかもしれません。ええ、自分でも頭がおかしいのだと思います。しかし、毎晩《ばん》、気が張《は》りつめたまま泣きながら、長くつらい時間を過《す》ごしてきたのですが、ここにきてみようという考えが消えることはありませんでした。わたしでさえ、あの男を助けるのは人間にはむりだとわかっているのです。でも、試してみないで、そのまま墓《はか》に葬《ほうむ》るかと思うと、それだけで、全身の血が凍《こお》りついてしまうのです！」

女が震《ふる》えるのをみて、医師は、これは演技《えんぎ》ではないと思った。どうしようもなく全身が震えている。

その必死の様子をみて、若《わか》い医師は心を打たれた。悲惨《ひさん》な病人を毎日みているベテランの医者とはちがって、経験《けいけん》が浅いので、人が苦しむのをみて平気でいられなかったのだ。

「もし、その患者《かんじゃ》さんが、あなたのおっしゃるような危篤《きとく》の状態《じょうたい》だったら、こんなことをしている余裕《よゆう》はありません。すぐに、いっしょにいったほうがいい。しかし、なぜ、いままで医者にかからなかったのです」

「いままでは必要がなかったからです——いえ、いまもまだその必要はありません」

女は両手を握《にぎ》りしめるようにして答えた。

医師は一瞬《いっしゅん》、黒いヴェールの下の表情《ひょうじょう》をさぐろうと女をみた。しかし、ヴェールは厚《あつ》く、何もわからない。

「病気なのは、あなたですね」医師《いし》はやさしくいった。「ご自分ではわかっていらっしゃらないようですが。ある種の熱のせいです。これまでの疲《つか》れがたまって耐《た》えられない状態《じょうたい》になっているのに、本人は気づかないままで、体が熱を持っているのです。まあ、これでも飲んで」医師はそういって、コップに水を注いで女に渡《わた》した。「まず、落ち着いて、それから、できるだけ冷静に話してください。患者《かんじゃ》さんの病気と、いつからかかっているのか。知りたいことがわかれば、すぐにでもいっしょに、そこにいって診察《しんさつ》することができます」

女はコップを口元まで持っていったが、ヴェールを上げず、水も飲まないまま下に置いて、泣きだした。

「わかっています」女はすすり泣きながらいった。「わたしのいっていることが、熱に浮《う》かされたたわごとにきこえるのはわかっています。まえにも一度、そういわれたことがあります。あなたのようにやさしい言い方ではありませんでしたが。わたしはもうかなりの年です。世間でもよくいうように、命がつきるときの最後の瞬《しゅん》間《かん》は――それは他人にとってはまったくどうでもいいものですが――本人にとっては、それまでのすべての時間よりも貴重《きちょう》なものだと思います。なぜなら、昔に死んでしまった親しい人々《ひとびと》や、離《はな》れていった若《わか》い人々――たとえば子どもたちとか――それから、死んだも同然の忘《わす》れられた人々のこと、そういった人たちのことを思い出すのですから。わたしの寿命《じゅみょう》はあともう何年もないはずなので、なおさら大切に思えます。でも、その残りの命を、惜《お》しむことなく――それどころか、喜んで――捨《す》ててしまいましょう。もし、わたしのいったことがまったくの偽《いつわ》りで、根も葉もない空想にすぎないものだったら。明日の朝、わたしがお話ししている人物は――考えたくもないのですが――この世の者ではなくなります。でも、今夜、死の危険《きけん》にさらされている今夜は、会っていただくことも、診《み》ていただくこともできないのです」

「気落ちしている方を責《せ》めるわけではないのです」医師はしばらく考えてから口を

開いた。「反論《はんろん》するつもりも、はっきりおっしゃらないことの裏《うら》をさぐるつもりもないのですが、あなたの話は、どう考えても、つじつまが合わない。その方は、今《こん》晩《ばん》、死にかけているけれど、わたしが診察《しんさつ》することはできない。明日になると、もうわたしにはどうしようもないことになる。それなのに、わたしに明日、きてほしい！　あなたの言葉や様子からすると、その方はあなたにとって大切な人のようですね。なら、なぜ病状《びょうじょう》が悪化して手遅《ておく》れにならないうちに、手を打とうとしないのです」

「どうしようもないのです！」女は激《はげ》しく泣きながら叫《さけ》んだ。「どうして、自分にさえ信じられないことを、ほかの人に信じてもらえるでしょう。では、明日、診《み》にきていただけないのですね」女は椅子《いす》から立ち上がった。

「いいえ、そうはいっていません。しかし、ひとついっておきます。こんなわけのわからないことで手当てが遅《おく》れて、その方が亡《な》くなるようなことになれば、あなたが、その恐《おそ》ろしい責任《せきにん》を負うことになりますよ」

「その重い責任を負うのは、おそらく、わたしではありません」女は残念そうにいった。「もしわたしでいいのなら、喜んでどんな責任でも負うでしょう」

「わたしはなんの不都合《ふつごう》もないので、朝、そちらにまいります。どうぞ、ご住所を教えてください。何時にうかがえばいいですか」

「九時にお願いします」

「もう少しだけ、うかがいたいのですが、その方はいま、あなたのところにいらっしゃるのですか」

「いいえ」

「ということは、今夜どんな手当てをすればいいのか指示《しじ》しても、あなたは何もできないということですね」

女は激しく泣きながら答えた。

「はい、何も」

この調子で続けたところで、これ以上のことは教えてもらえそうもないし、女は初め必死におさえていた感情《かんじょう》がおさえきれなくなって、みているだけでいたましい。医師《いし》は明日の朝、九時にうかがいますとくり返した。女は、ウォルワースのうらぶれた場所の住所を告げて、きたときと同じ不思議な様子で出ていった。

とても現実《げんじつ》のこととは思えない訪問者《ほうもんしゃ》に、若《わか》い医師はとても動揺《どうよう》して、これはいったいどういうことなのだろうと、あれこれ考えたが、答えらしいものは思いうかばなかった。彼《かれ》も話できいたり、本で読んだりして、死の予知については知っていた。ある日の何時に、ときによっては何時何分に死ぬかを知った人々《ひとびと》のことだ。一瞬《いっしゅん》、いまの女もそういう体験をしたのだろうかと思った。しかし、いままでに耳にした話はすべて、自分の死を予知した人たちのことだった。ところが、あの女はほかの人物――それも男――の死について話していた。夢《ゆめ》か幻《まぼろし》をみただけで、だれかの死をあんなに自信を持って語れるはずがない。もしかして、その男は明日の朝殺《ころ》されることになっていて、あの女は殺す側のひとりで、秘密《ひみつ》を守ることを誓《ちか》っていたのだが、男がかわいそうになって、仲間による殺害《さつがい》を阻止《そし》するのは無理だとしても、もし手当てが間に合えば、死から救《すく》うことができると思い、そうすることにしたのではないか。しかし、このロンドンから三キロ以内で、そんなことが起こるはずがない。あまりに突飛《とっぴ》でばかばかしい。ということは、やっぱりあの女は正気ではないのかもしれない。ある程度《ていど》納得《なっとく》のいく説明があるとすれば、あの女は頭がおかしいということくらいだ。医師はそう考えることにした。しかし、いくつか気になることが、そのとき頭をかすめ、それが何度も何度もよみがえってきて、その長い夜はろくに寝《ね》られなかった。なんとか寝ようと努力したのだが、気持ちがかき乱《みだ》されて、あの黒いヴェールをどうしても頭から追い払《はら》うことができなかったのだ。

女が告げたウォルワースの一画は街から最も遠く、現在《げんざい》でも最も貧相《ひんそう》で、みすぼらしい。ただ、三十五年まえ、その区画の大部分が少しましになった。当時は、恐《おそ》ろしいほどすさんだ場所で、住人も少なく、それもいわくありげな連中だったのだ。貧《まず》しくてそこにしか住めない人や、職業《しょくぎょう》も暮《く》らしぶりも人にはいえないような連中ばかりだった。いまでは通りの両側にずいぶん多くの建物がたっているが、そのほとんどはここ数年の間にできたものだ。家もまばらで、あっちにひとつ、こっちにひとつといったふうにたっていた時代、そこはじつにうらぶれて、目も当てられない場所だった。

医師《いし》は朝方そこへ歩いていったのだが、まわりの風景をみても気分が明るくなるはずはなく、これから行う奇妙《きみょう》な往診《おうしん》への不安や不信が軽くなるはずもなかった。広い通りからそれて、沼地《ぬまち》に入り、曲がりくねった細い道を歩いていくと、倒《たお》れかけた家や、屋根のない家が、放っておかれて、腐《くさ》ってぼろぼろになっているのが目についた。昨晩《さくばん》の激《はげ》しい雨のせいで、成長不良の木や、汚《きたな》い水が所々《ところどころ》、道をふさいでいる。たまに貧相《ひんそう》な菜園も目につくが、どれも古い板を何枚《まい》か組み合わせて作った東屋《あずまや》があり、近所からくすねてきた柵《さく》の木で間に合わせに補修《ほしゅう》した柵に囲《かこ》まれている。それをみると、そこに住んでいた人の貧《まず》しさがわかるし、彼《かれ》らが他人の土地を使っていることに対するささやかな後ろめたさを感じていることがわかる。ときどき、不潔《ふけつ》な身なりの女がきたない家のドアから出てきて、鍋《なべ》やフライパンに残った物を前の溝《みぞ》に捨《す》てることもあったし、だらしない格好《かっこう》をした幼《おさな》い女の子を後ろから怒鳴《どな》りつけることもあった。幼い女の子は、自分と同じくらいの大きさの赤ん坊《ぼう》を背負《せお》って、ドアからよろよろと数メートル歩いていく。しかし、動いているのはそれくらいで、それもあたりに立ちこめた冷たく湿《しめ》った霧《きり》のせいで、どれもぼんやりとしかみえない。そしてどれもさびしげで、わびしげで、この一画の風景に完全に溶《と》けあっていた。

医師は泥《どろ》とぬかるみのなかを重い足取りで歩きながら、何度も、目的の場所をたずね、そのたびに、矛盾《むじゅん》する、不満足な答えをもらい、ようやく、なんとかその家の前にたどりついた。それは小さな低い二階建てで、それまでに目にしたどんな家よりもみすぼらしく、どうしようもない家だった。二階の窓《まど》の古ぼけた黄色のカーテンは閉《し》めてあった。居間《いま》のよろい戸も閉めてあったが、留《と》め金はかけてない。近くに家はなく、細い道の角にぽつんとたっている。

医師はためらって、その家の前を通りすぎたが、結局、ノッカーをつかんだ。当時のロンドン警察《けいさつ》は、いまとはまったく違《ちが》っていた。建築熱《けんちく》が起こって、土地の改良や手入れがロンドンの中心部や、そのまわりの地区と連動するまえ、郊外《こうがい》の孤立《こりつ》した地域《ちいき》（とくにウォルワースのこの区域《くいき》）は、極悪人や凶悪犯《きょうあくはん》の隠《かく》れ場になっていた。その頃《ころ》は、ロンドンの最も栄えた場所でさえ、街灯はそう多くなかった。そんな時代、このあたりは夜になると、それこそ月明かりと星明かりに頼《たよ》る以外なかった。必死の犯罪者《はんざいしゃ》をさがしたり、隠《かく》れ家まで追いかけたりすることはほとんど不《ふ》可能《かのう》だった。そして犯罪者は自然と、大胆《だいたん》になった。ここにいればほぼ安全だというこ とが日頃《ひごろ》の経験《けいけん》でわかってくるからだ。こういう状況《じょうきょう》を考えれば、この若《わか》い医《い》師《し》はロンドンの物騒《ぶっそう》な公立病院にいたことを書いておくべきかもしれない。当時はまだ、死体を墓場《はかば》から盗《ぬす》んで解剖《かいぼう》用に売りさばいたウィリアム・バーク*やジョン・ビショップが悪名をはせるまえだったが、この地区を歩いてきた医師には、バークが犯《おか》したような犯罪《はんざい》がここならたやすく行えることくらいわかったはずだ。それはともかく、どんなことを考えたのかはわからないが、医師がたじろいだのは確《たし》かだ。

しかし、若く、たくましく、勇気があったので、それは一瞬《いっしゅん》にすぎなかった。医師はすぐにもどって、ドアを軽くノックした。

すぐに低い声が返ってきた。まるで廊下《ろうか》の端《はし》にいる人がこっそり、踊《おど》り場にいる人に話しかけているような感じだ。それからすぐに、重い長靴《ながぐつ》が絨毯《じゅうたん》も何も敷《し》いていない床《ゆか》を歩いてくる音がきこえてきた。玄関《げんかん》のドアの鎖《くさり》をそっとはずす音がして、ドアが開いた。背《せ》の高い、人相の悪い、黒い髪《かみ》の男が出てきた。医師は、その青白くて頬《ほほ》のこけた男をみて、死人だと思った。

「どうぞ、お入りください」男が低い声でいった。

医師がなかにはいると、男はもとどおりドアに鎖をかけてから、廊下のつきあたりにある小部屋に案内した。

「間に合いましたか？」

「はい、早すぎたくらいです！」男が答えた。医師はさっと部屋のなかをみまわして、驚《おどろ》き、思わず、立ちすくんだ。

＊その後、殺害して売るようになる

「ご遠慮《えんりょ》なく、お入りください」男は医師《いし》の反応《はんのう》に気づいていった。「どうぞ、どうぞ。五分もかかりませんから」

医師がすぐに部屋に入ると、男はドアを閉《し》めて出ていった。

その小さな部屋は寒く、家具は椅子《いす》がふたつとテーブルがひとつ、どちらもモミの木で作ったものだった。ひとつかみほどの石炭が、火格子《ひごうし》もない暖炉《だんろ》で燃《も》えているが、湿気《しっけ》が増《ま》すだけで、まるで役に立っていない。不快《ふかい》な湿気が壁《かべ》を伝って、あちこちにナメクジのはった跡《あと》のような模様《もよう》をつけている。あちこち割《わ》れて、つぎをあててある窓《まど》からは、小さな庭がみえるが、水びたしだ。家のなかも、家の外も、なんの音もしない。若《わか》い医師は暖炉の前にすわり、この最初の往診《おうしん》がどうなるのか、待つしかなかった。

数分後、馬車のやってくる音が耳を打った。その音が止まって、玄関《げんかん》のドアが開き、低い声が響《ひび》き、廊下《ろうか》から階段《かいだん》へ向かう重い足音がきこえてきた。二、三人が何か重い物を二階に運んでいるらしい。階段のきしむ音がして数秒後、作業が終わったらしく、やってきた人たちは引き上げていった。玄関のドアが閉まり、また静かになった。

それから数分後、医師が部屋を出て、自分が往診にきていることをだれかに告げようと思ったとき、部屋のドアが開いて、昨夜の女が入ってきた。昨日とまったく同じ服を着て、顔はヴェールでおおっている。女は手招《てまね》きをした。女があまりに背《せ》が高く、しゃべろうとしないので、医師は一瞬《いっしゅん》、この人は女装《じょそう》している男性《だんせい》ではないかと思った。しかし、ヴェールの下から、おさえきれないすすり泣きがきこえ、悲しみでけいれんしたかのように震《ふる》えている様子に気づいて、そんなばかな考えは捨《す》て、急いで女のあとについていった。

女は二階に上がって、道側の部屋の前までいくと、ドアロで立ち止まり、医師をなかに通した。家具といえば、古いモミの木の箱と、椅子が数脚《すうきゃく》、それから粗末《そまつ》なベッドがひとつあるだけだ。ベッドにはつぎはぎだらけの毛布《もうふ》がかけてある。医師が外から目にしたカーテンからもれる弱い光が、部屋のなかのものすべてをぼんやり、同じ色合いに照らしている。そのせいで、医師《いし》は最初、女が飛びこんで、ベッドの脇《わき》にひざをついたとき、その上に何が置いてあるのかわからなかった。ベッドの上には、リネンの布《ぬの》でしっかりつつまれて、毛布《もうふ》をかけた、人の形をしたものがある。ぴくりとも動かない。顔をみると男のようだが、頭からあごの下にかけて包帯が巻《ま》いてある。目は閉《と》じている。ベッドの上にのびている手も動かない。女はその手を握《にぎ》っている。

医師は女をそっとどかすと、その手を取った。

「ああ!」医師は声をあげて、思わず、その手を放した。「死んでます!」

女はぱっと立ち上がって、両手を握りしめた。

「だめ! そんなことをいわないで」女は叫《さけ》んだ。激《はげ》しい調子で、体を震《ふる》わせている。「お願いです! そんなことをいわないでください! 耐《た》えられません! 人が生き返ったという話をきいたことがあります。おそらく、よく知らない人たちが、死んだと決めつけたのでしょう。でも、死んだ人が、適切《てきせつ》な手当てを受ければ、生き返ることがあるのかもしれません。どうか、手当てをしてみてください。それもしないで死なすわけにはいきません！　いま、この瞬間《しゅんかん》にも、手遅《ており》れになるかもしれません。どうか、お願いです。どうか、どうか！」そういいながら女は、目の前の動かない体に手をやって、額《ひたい》をさすり、胸《むね》をさすっていた。そして冷たくなった手を取り上げて強くたたいた。しかし、その手は、放すと、毛布の上に落ちた。

「手の打ちようがありません」医師は男の胸から手を離《はな》して、そっといった。「さあ、カーテンを開けましょう！」

「なぜ？」女が体をすくめてたずねた。

「カーテンを開けましょう！」医師は少しいらいらしてきた。

「部屋を暗くしているのは、わけがあるのです」女は、窓《まど》を開けようと立ち上がった医師の前に飛びだした。「お願いです、どうか、わたしをあわれと思って、開けないでください！　もう手当てのしようがなくて、生き返らす方法がないのなら、これを人の目にさらさないでください。みるのはわたしだけでいいのです！」

「自然死ではありませんね。死因《しいん》を調べる必要があります!」医師《いし》は、女が気づくまえに、その横を歩いて、カーテンを開けて、明るい光を入れると、ベッドの脇《わき》にもどった。

「ここに損傷《そんしょう》があります」医師は死体を指さしながら、女の顔をみた。初めて、ヴェールの下の顔があらわになっていた。さっき取り乱《みだ》したとき、女は帽子《ぼうし》とヴェールを脱《ぬ》ぎすてていたのだ。女は医師をみつめている。五十代くらいで、かつては美人だったことがわかる。その顔には時だけでなく、悲しみと嘆《なげ》きがありありと刻《きざ》まれている。ぞっとするほど青ざめている。唇《くちびる》が神経質《しんけいしつ》にゆがみ、目が異様《いよう》な光を放っている。悲嘆《ひたん》と苦悩《くのう》のすえ、精神的《せいしんてき》にも肉体的にも限界《げんかい》にきているのがひと目でわかる。

「ここに損傷があります」医師は死体を観察しながらいった。「殺《ころ》されたのです」

「神さまもごぞんじです」女は激《はげ》しい調子で言葉を続けた。「無慈悲《むじひ》に、家畜《かちく》のように殺されたのです!」

「いったい、だれにです」医師が女の腕《うで》をつかんでたずねた。

「やつらがその体に残した跡《あと》をみればわかります。わたしにきくまでもありません！」

医師はベッドのほうを向くと、かがみこんで、窓《まど》からの光に照らされている死体をみた。喉《のど》の部分が腫《は》れていて、青黒いあざが輪のようについている。医師は、はっとした。

「今朝、処刑《しょけい》されたのか！」医師は叫《さけ》ぶと、身震《みぶる》いして顔をそむけた。

「そうです」女は、冷え冷えとした、うつろな目で医師をみた。

「この人は、だれなんです」医師がたずねた。

「わたしの息子です」女はそういって、医師の足元に倒《たお》れた。

その通りだった。息子と同罪《どうざい》で起訴《きそ》された共犯者《きょうはんしゃ》のほうは証拠《しょうこ》不足で無罪《むざい》になり、彼《かれ》だけが処刑されたのだ。この事件《じけん》の説明は、もうずいぶん前のことなので、不要だろうし、まだ生きている方にいやな思いをさせる可能性《かのうせい》もある。そもそも、よくある事件《じけん》だ。母親は未亡人《みぼうじん》で、友人もなく、貧《まず》しかった。すべてを切り詰《つ》めて、父親のいない息子を育てた。しかし息子のほうは、そんな母親の気も知らず、母親の苦労もすぐに忘《わす》れた。母親の度重なる不安も、食べる物も食べずに息子につくす気持ちも、なんの足しにもならず、結局、息子は道を踏《ふ》み外して、犯罪者《はんざいしゃ》の世界に迷《まよ》いこんだ。その結果がこれだった。死刑執行人《しけいしっこうにん》によって、処刑《しょけい》されたのだ。母親は身を恥《は》じて正気を失った。

この事件から何年もの月日が流れ、世間の人々《ひとびと》は、もうかる仕事をしたり、大変な仕事をしたりするうち、そんな悲惨《ひさん》な事件は忘れてしまった。ところが、あの医《い》師《し》は、正気がもどらないまま、ほとんど口をきくこともない女を毎日、見舞《みま》った。それも、そばにいてやさしくなぐさめるだけでなく、少しでも快適《かいてき》に楽に暮《く》らせるよう手をつくし、金銭的《きんせんてき》な面倒《めんどう》もみた。女は死の直前、ふと正気を取りもどして、かつてのことを思い出した。そして、医師が幸せに暮らせますように、神さまのお守りがありますようにと祈《いの》った。世界中のだれにも負けないほど心をこめて、この友人もいないあわれな女は祈った。その祈りは天に届《とど》き、ききいれられた。医師が女のためにしたことは一千倍になってもどってきた。しかし彼《かれ》には、どんな地位を得《え》ても、どんな身分になっても、どんなに裕福《ゆうふく》になっても、決して忘れられないものがあった。それは黒いヴェールの女との心安まる思い出だった。

訳者あとがき

イギリスでは多くの素晴《すば》らしい小説が登場しました。とくに十八世紀と十九世紀に書かれた作品には、子どもから大人まで楽しめるものがたくさんあります。『ロビンソン・クルーソー』、『ガリヴァー旅行記』、『ジェイン・エア』、『嵐《あらし》が丘《おか》』、『宝島《たからじま》』、『幸せな王子』、『タイム・マシン』、『ジャングル・ブック』など。おそらく、みなさんもどこかできいたことがあるでしょう。いや、読んだことがあるかもしれませんん。もしまだだったら、ぜひ、読んでみてください。

しかし、もっともイギリス的な作家といえばチャールズ・ディケンズでしょう。彼《かれ》は十九世紀のイギリスを舞台《ぶたい》にしたすぐれた作品をいくつも書いています。盗賊《とうぞく》団《だん》に引きずりこまれた少年を主人公にした長編《ちょうへん》小説『オリヴァー・トゥイスト』は何度も映画《えいが》やミュージカルになりました。けちで孤独《こどく》な老人スクルージがクリスマスイヴに三人の幽霊《ゆうれい》に会って改心する中編《ちゅうへん》小説『クリスマス・キャロル』も映画や芝居《しばい》や、ミュージカルやアニメになっています。

そのほかにも『デイヴィッド・カパーフィールド』や『二都物語』などの長編小説は、日本にも大勢《おおぜい》の愛読者がいます。ディケンズはストーリーを作るのがうまくて、とにかく読者をあきさせません。そして、人間を描《えが》くのがうまい。ひと癖《くせ》もふた癖もある悪党《あくとう》や、どうしようもない人でなしを、じつにあざやかに描いてみせます。その一方で、冒険心《ぼうけんしん》あふれる少年や、愛する人のために命を捨《す》てる男も、リアルに描いてみせます。

さて、中編や長編が有名なディケンズですが、短編《たんぺん》小説も書いていて、おもしろい作品がいくつもあります。そのなかから六つ選んで訳《やく》してみました。

イギリス人は昔から怖《こわ》い話が好きで、『フランケンシュタイン』も『吸血鬼《きゅうけつき》ドラキュラ』も十九世紀にイギリスが産みだしたホラー小説の傑作《けっさく》です。ディケンズも怖い短編小説を書いているのですが、そのなかでも有名なのが「信号手の話」。ただ怖いだけでなく、不思議な余韻《よいん》を残します。「チャールズ二世の時代に牢獄《ろうごく》でみつかった告白」や「追いつめられた男」もちょっと怖《こわ》い話です。「黒いヴェールの女」も似《に》た雰囲気《ふんいき》の話なのですが、最後が切なく、また感動的です。

しかし、ディケンズは愉快《ゆかい》な短編《たんぺん》や感動的な短編も書いています。「ゴブリンに連れ去られた墓掘《はかほ》り」は『クリスマス・キャロル』に似た心温まる話です。また、男の子と女の子の駆《か》け落ちを描《えが》いた「ヒイラギ荘《そう》の小さな恋《こい》」は、ほほえましく、心がなごむ名作です。これはディケンズが自分の朗読《ろうどく》用に書いたものです。

さて、最後になりましたが、画家のヨシタケシンスケさん、企画《きかく》協力の小宮山民人さん大石好文さん、編集者《へんしゅうしゃ》の郷内厚子さんに、心からの感謝《かんしゃ》を！

二〇一八年九月

金原瑞人

｜作者｜

チャールズ・ディケンズ

Charles Dickens

1812年イギリスに生まれる。こども時代から働くなど苦労をしながら新聞記者となり、新聞や雑誌に寄稿するようになる。『ピクウィック・クラブ』を発表して評判になり、その後、『オリヴァー・トゥイスト』『クリスマス・キャロル』『デイヴィッド・カパーフィールド』『二都物語』など数々の名作を産んだ。自身の自作朗読も人気を博した。1870年没。

｜訳者｜

金原瑞人

Mizuhito Kanehara

1954年岡山市に生まれる。法政大学教授・翻訳家。訳書は「パーシー・ジャクソン」シリーズ『不思議を売る男』『青空のむこう』『豚の死なない日』『国のない男』『さよならを待つふたりのために』『月と六ペンス』など500冊以上。ほかエッセイに『サリンジャーに、マティーニを教わった』、日本の古典の翻案に『雨月物語』『仮名手本 忠臣蔵』など。

｜画家｜

ヨシタケ シンスケ

Shinsuke Yoshitake

1973年神奈川県に生まれる。筑波大学大学院芸術研究科総合造形コース修了。『りんごかもしれない』で産経児童出版文化賞美術賞、MOE絵本屋さん大賞第一位（『なつみはなんにでもなれる』ほか本賞は四度受賞）などを、『このあとどうしちゃおう』で新風賞を受賞など。ほか作品多数。

世界ショートセレクション ⑩

ディケンズ ショートセレクション
ヒイラギ荘の小さな恋

2018年10月 初版
2023年12月 第5刷発行

作者 チャールズ・ディケンズ
訳者 金原瑞人
画家 ヨシタケ シンスケ
発行者 鈴木博喜
編集 郷内厚子
発行所 株式会社 理論社
〒101-0062 東京都千代田区神田駿河台2-5
電話 営業03-6264-8890 編集03-6264-8891
URL https://www.rironsha.com
デザイン アルビレオ
印刷・製本 中央精版印刷
企画協力 小宮山民人 大石好文

ISBN978-4-652-20248-7 NDC933 B6判 19cm 191p

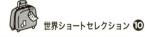